青春宣言

THE DECLARATION OF YOUTH

——百国青年共话人类命运共同体

徐宝锋 ◎ 主编

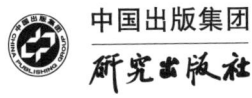

中国出版集团
研究出版社

图书在版编目(CIP)数据

青春宣言:百国青年共话人类命运共同体演讲大赛优秀作品选/徐宝锋主编.——北京:研究出版社,2020.3
　　ISBN 978-7-5199-0836-2
　　Ⅰ.①青… Ⅱ.①徐… Ⅲ.①演讲–中国–当代–选集 Ⅳ.①I267
　　中国版本图书馆 CIP 数据核字 (2020) 第 012658 号

出 品 人:赵卜慧
图书策划:张　琨
编 委 会:张文静　徐冬皓
责任编辑:张　琨

青春宣言:百国青年共话人类命运共同体

The Declaration of Youth:
Contemplations on the Community of Common Destiny For All Mankind by the Youth from One Hundred Countries

研究出版社 出版发行
(100011　北京市朝阳区安华里 504 号 A 座)

河北赛文印刷有限公司　新华书店经销

2020 年 3 月第 1 版　2020 年 11 月第 2 次印刷

开本:889 毫米 ×1194 毫米　1/32　印张:5.375

字数:100 千字

ISBN 978-7-5199-0836-2　定价:58.00 元

邮购地址 100011　北京市朝阳区安华里 504 号 A 座
电话(010)64217619　64217612(营销中心)

版权所有·侵权必究

凡购买本社图书,如有印制质量问题,我社负责调换。

序　言

聂震宁

2019年6月在北京语言大学举办的"讲好中国故事——百国青年共话人类命运共同体主题演讲比赛"的决赛虽然早已落下帷幕，然而，热烈的比赛场景却一直深深地印在现场众多观众的脑海里，那一篇篇既真情激荡又异彩纷呈的青春宣言，至今还回响在许多朋友的耳际。

比赛是随着"人类命运共同体"理念的提出，中国与世界各国的交流与合作进一步加深，由我国"丝路书香"工程"外国人写作中国计划"秘书处与北京语言大学共同发起。进入决赛的15名青年，分别来自意大利、墨西哥、蒙古、贝宁、西班牙、埃及、匈牙利、俄罗斯、日本、巴基斯坦、越南、法国、尼泊尔、土耳其、津巴布韦等15个国家。这些青年都能用流利的中文声情并茂地讲述对于"人类命运共同体"的见解，分享他们与中国的故事,尤其是都能从国际化视角将中国快速发展的故事融入世界变化的叙事之中,令人感佩。选手表现惊艳,评委点评到位,观众互动热烈,让现场许多人几乎忘记这是一场演讲比赛,而觉得仿佛是一个各国青年联欢的大派对。

参加决赛的各国青年们优秀表现让我们激动,而参加初赛的"百国青年"丰富多彩的表现让我们尤其受到鼓舞。本次比赛共有来自78个国家的116名青年参赛,每一位参赛青年的故事都很真实,每一位参赛青年的青春气息洋溢,热烈景象蔚为壮观,让我们真切地看到来自不同国家的青年们对"人类命运共同体"理念的认同。可以说,这次比赛本身就是各国人民为建设"人类命运共同体"而共同努力的一个生动缩影。

这些作品是真实的。真实是一切美好事物不可缺少的核心要素。假花再美丽炫目终究是假花,生长着的小花再微小素淡也具有可爱的生命力。要讲好中国故事，要讲好对"人类命运共同体"的感受，真实当然是第一位的。首先是这些参赛作品真实诚恳的态度让我们折服。对于"人类命运共同体"理念，选手们分别表述了各自真诚的理解。来自巴基斯坦的穆志诚认为，"人类命运共同体"理念来自于中国传统文化中"以人为本""以和为贵""天下大同"的思想，他认为这也是当今世界亟需的一种思想。来自贝宁的莱昂将"心连心"作为"人类命运共同体"理念的注脚。与此同时，许多演讲者讲述的真实感人细节令我们叹服。来自意大利的阿雷的《胡同里的家》，不仅认同中国传统文化中"和而不同"的理念，还能把北京的胡同生活描摹得那么细致生动，不仅真实，而且可爱，不仅可爱，而且可信，从而达到了相当高的艺术境界。

这些作品是引人向善的。善良是一切美好事物不可缺少的核心价值。事物并不仅仅因为真实而可爱，而惟有善良，惟有益于世道人心才会被人们所接受乃至拥戴。所有参赛青年都认为"人类命运共同体"理念的提出表明了中国希望和其它国家一起为世界和平、和谐、进步做出贡献,这就是参赛青年出以善心、引人向善的明证。来自俄罗斯的马高帅讲述了他和父亲两代人与中国的故事,不同的年代、不同的视角发生着不同的故事,从而见证了中国多年来的巨大变化。巴基斯坦的穆志诚讲述了中国的淘宝外卖、移动支付、共享单车、高铁"新四大发明",继而表达了希望自己能成为中巴友谊接班人的善良愿望。来自蒙古的保罗的《放下标签,拥抱世界》,真诚而中肯地希望各国青年努力消除彼此间不必要的误会,让人类命运共同体从理想变成现实,让世界的未来变得更加美好,她那善良的心愿一定令许多人的心灵为之感动。

最后,我还要说,这些作品是美丽的。作品因真实而美丽,因善良而美丽,还因为他们的语言文字的美好而美丽。我们简直不能相信,许多参赛青年只有短短几年的中文学习经历,却能做到文从句顺,甚至颇具文采。如果说越南的阮国偲能够用《世界很大,世界很小》这样的中文修辞来表达自己的感受,与他来自与中国毗邻而文化有较多交流的越南不无关系,那么,来自法国的孙博能够用《飞扬的青春》如此感性的修辞来形容自己在中国的留学生活感受,他需要跨越近万公里的两国文化差距实属不易,而他在演讲结尾时,忽然冒出诗句"青山依旧在,砥砺踏歌行",可谓文采斐然,语惊四座。我们不由得要喝彩:"厉害了,法国小伙子!"

我喜欢青年。每当与青年们在一起,感触到他们青春、真诚、纯净的气息,我就会有一股纯净、真诚、青春的感觉油然而生,常常就会想起法国作家雨果的名言:"春天是一年的青春,青春是生命的春天。"还会想起中国唐代诗人杜甫的诗句:"青春作伴好还乡。"

我羡慕青年。每当看到众多青年聚集在一起,认真而热烈地求知、交流、讨论,我心里就会生出一股参与讨论、交流、求知的冲动；常常就会想起毛泽东主席的名言："世界是你们的，也是我们的，但是归根结底是你们的。你们青年人朝气蓬勃，正在兴旺时期，好像早晨八九点钟的太阳。希望寄托在你们身上。"还会想起德国诗人歌德的名言："创造一切非凡事物的那种神圣的爽朗的精神，总是同年轻时代和创造力联系在一起的。"

我敬重青年。每当看到众多青年为着人类正义的事业，放下一切包袱和隔阂，朝着正确的方向前行、奋斗、奉献，我就会得到激励和鞭策，觉得自己也应当奉献、奋斗、前行；常常就会想起伟大的马克思的名言："一个时代的精神，是青年代表的精神；一个时代的性格，是青春代表的性格。"还会想起英国作家王尔德的名句："自信和希望是青年的特权。"

我是幸运的，在如此纷繁复杂的国际背景下，能够阅读到这次比赛所有这些真、善、美的作品，一次又一次激起了我对各国参赛青年的敬意。我要说,我喜欢你们,羡慕你们,敬重你们,所有参与"讲好中国故事——百国青年共话人类命运共同体主题演讲比赛"的青年朋友们!我爱你们,全世界热爱和平、和谐、进步的青年朋友们!2020年中国新春佳节将至,我给你们拜年了!

写于 2020 年中国春节前夕

序言作者系中国韬奋基金会理事长
"外国人写作中国计划"特聘专家
中国出版集团公司原总裁

目录
CONTENTS

优秀预赛作品

成为汉语国际教育的使者	[阿富汗]	马　龙	/ 002
机会来敲门	[巴基斯坦]	达　曼	/ 006
我与汉语的故事	[哈萨克斯坦]	古普耐	/ 009
美好而朴素的"人情味"	[巴拿马]	叶嘉玲	/ 012
一饭一蔬，人间温情	[韩国]	朴京泽	/ 016
他乡与故乡	[加拿大]	沙美德	/ 020
紫彤在中国	[蒙古]	紫　彤	/ 023
求同存异	[日本]	铃木楠弥	/ 028
天下一家	[荷兰]	李　建	/ 031
我与中国的故事	[泰国]	邱沁凌	/ 034
我们的亚细亚	[土耳其]	金美爱	/ 038

我与中国的缘分	［意大利］	辛　迪	/ 042
团结协作，敦睦天下	［印度尼西亚］	洪祺胜	/ 045
各美其美　美美与共	［印度尼西亚］	杨惠斯	/ 048
背包走天下	［印度尼西亚］	张德贵	/ 052
扬帆起航的"中国梦"	［贝宁］	奥　尼	/ 056
中国印象	［刚果共和国］	小　钱	/ 059
大道不孤　德必有邻	［韩国］	任俊杰	/ 065
隐藏的快乐	［格鲁吉亚］	立诚宇	/ 068
"洋雷锋"的中国故事	［刚果金］	帕　特	/ 072
神奇的钥匙——汉语	［阿富汗］	李　娜	/ 076
此生无悔来中华	［乌兹别克斯坦］	小　玉	/ 080
中国，我来了！	［印度尼西亚］	汤恩贞	/ 083

优秀决赛作品

胡同里的家	［意大利］	阿　雷	/ 088
放下标签　拥抱世界	［蒙古］	保　罗	/ 092
墨西哥姑娘的中国情缘	［墨西哥］	贝爱理	/ 096

我来到了"龙的故乡"	[贝宁]	莱 昂 / 100
我的"中国结"	[埃及]	林若灵 / 105
成为扎根于中国的大树	[西班牙]	刘大树 / 109
以史为鉴,读古知今	[土耳其]	王成明 / 113
时空交错就是整个世界	[俄罗斯]	马高帅 / 119
共同实现良好教育,携手打造美好未来	[日本]	茂野瑠美 / 123
"巴铁"在中国	[巴基斯坦]	穆志诚 / 128
世界很大,世界很小	[越南]	阮国偲 / 133
站在留学生视角看人类命运共同体	[尼泊尔]	苏米塔 / 136
飞扬的青春岁月	[法国]	孙 博 / 140
超越隔阂 共同发展	[匈牙利]	郝璐璐 / 144
梦想的种子	[津巴布韦]	温 朗 / 148
出版后记		/ 153

优秀预赛作品

EXCELLENT PRELIMINARIES

成为汉语国际教育的使者

尊敬的各位老师、同学以及各位朋友们：

大家好！

我叫马龙，我来自一个历史悠久而充满魅力的古国——阿富汗。我觉得能够选择在中国学习是一种幸运，也是我的福气。去年这个时候我还在阿富汗工作，现在已经在中国最具国际化视野、有"小联合国"之称的北京语言大学学习了。

我和中国的故事是从高考选择专业的时候开始的。2013年高中毕业后，我参加了高考，通过考试后被喀布尔大学孔子学院中文系录取。从那以后我正式开始学习汉语和接触中国文化。喀布尔大学孔子学院四年的本科生活一晃而过，2016年底，我以优异的成绩从喀布尔大学孔子学院中文系毕业，留在喀布尔大学孔子学院当老师。

在近两年的教学过程中，我努力学习，不断地提高自己的汉语水平，还获得过两次到中国的不同城市参加短期培训的机会。但是，我越学越觉得自己水平有限，于是在2018年的年初，我决定申请孔子学院的硕士奖学金以继续学习汉语。我的申请顺利通过了！就这样，2018年9月6日，我来到北京语言大学开始读研究生。

来到北京语言大学后，各位老师的关心和帮助让我立刻感受到如家一般的温暖，老师们的热情鼓励让我感到十分开心，这使我更加喜欢北京语言大学，更加热爱汉语。

我来中国以后交了很多来自不同国家的朋友，尽管我们有不同的肤色，有不同的政治背景、不同的经济与文化，但是在人性的深处我们流淌着共同的语言。健康是我们共同的语言，富贵、爱、和平和快乐也是我们共同的语言，家更是我们共同的语言。地球是我们共同的家园，我们这个大家庭住在同一片天空下，我们都希望看到蓝天、白云，看到雨后彩虹。我们都希望这个大家庭和平健康，希望每一个人都能够抛弃成见，让天下的所有人都成为一家人。当前，人类社会面临各种威胁，因此构建人类命运共同体的理念和倡议得到了世界各国人民的积极响应。

我认为汉语国际教育在构建人类命运共同体的过程中应该有所作为，这是由汉语国际教育的使命和性质决定的。人类命运共同体的理念不仅为汉语国际教育指明了发展方向，也为汉语国际教育的发展注入了动力，提供了更友好的外部环境。因此，我认为汉语国际教育要在新时代为构建人类命运共同体服务，为人类贡献中国智慧。我们在新时代都应该努力成为汉语国际教育的推广者与传播者！

谢谢大家！

阿富汗　马龙

马龙【阿富汗】 选手介绍

　　我叫马龙,来自阿富汗。我于2016年毕业于喀布尔大学孔子学院汉语专业,目前在北京语言大学汉语国际教育研究生院硕士在读。2016年12月毕业以后留校任教至2018年9月,在此期间除了行政、教学、翻译、组织文化活动等工作,还有幸参与了《习近平治国理政》一书的波斯语版本的翻译工作。2019年,我在《诗歌》杂志上发表了阿富汗诗歌。我曾多次参加在中国各地举行的各种培训及学术活动,还代表阿富汗青年参加了上海合作组织青年联合会举办的各种活动。

机会来敲门

各位评委们,老师们,大家好!

每个人都有许多梦想,有的是想当一位医生,有的是想当一个司机,有的是想当一名警察……

我也不例外,小时候我的梦想就是与家人天天吃肯德基。随着时间的流逝,在爸爸妈妈日复一日爱的教育下,我渐渐变得聪明懂事。小时候的我就很喜欢看中文电影和电视剧,从那时候起,我就喜欢上了中国。

有一天,机会居然敲响了我家的大门,我马上跑过去开了门。中国伸出双手,叫我跟她一起去看看这个美丽的国家。从那一刻起,我抛下了所有的一切,跟着她的脚步来到了这个美丽而神秘的国度。

来到中国以后,我遇到了许许多多友好的中国人,了解了神秘的中国文化、艺术,看到了这里日新月异的发展和热火朝天的建设。这些都比我想得更美、更好。

从那一天起，我觉得中国是我的朋友，我的亲人，我的父母，甚至是我的生命和一切。我的祖国和中国只有语言的不同，别的都是一模一样。我希望看到中国的全部，希望走遍中国的山山水水。

中国有句俗话：一方水土养一方人。在我看来，这句话的意思是：一个地方的语言及文化，会影响人们对某种事物的看法和思维方式。在我来中国之前，我只从一种固定的角度来看问题，只用自己的经验来判断和思考。遇到问题时，对应的解决办法也很单一。

时间一晃而过，我在北语学习汉语已经两年了，中国对我来说已经不再是一个陌生的地方，而北京，更是成了我的第二故乡，融入了我的灵魂。在北语我有更多机会与来自不同文化的同学交流，汉语的学习使我能以更广阔的视野运用我的知识和能力。

我终于明白，留学最大的收获不仅是学习，也不仅是体验新的生活，而是重新认识了一个全新的自己、一个更好的自己，还有一个已经融入我生命的美好国度。中国，我爱你！

巴基斯坦　达曼

达曼【巴基斯坦】　　　　选手介绍

　　我是达曼，来自巴基斯坦。我来中国已经两年了。我的性格开朗活泼、积极进取，拥有较强的组织能力和策划能力。我的动手能力较强，也具备团队协作、吃苦耐劳的精神。

　　我很喜欢勤奋地去完成每一件事情，乐于助人，尊老爱幼。我很喜欢旅游，到过巴基斯坦国内很多城市。来中国留学后，除了北京，我还去过天津和福州，也去过日本旅行。旅行让我看到更广阔的天地，也更了解真实的自己。

我与汉语的故事

大家好!我来自习近平主席第一次提出丝绸之路经济带的国家——哈萨克斯坦,中国著名文学家林语堂有这样一句话:绅士的演讲要像女人的裙子,越短越好。因此,我想用简短的几分钟,为你讲述我和汉语的故事。

近年来,习近平主席提出了人类命运共同体的重要概念,产生的一系列外交成果,影响着全球的人类命运与发展,其中就包括影响中亚丝路沿线的"一带一路"倡议。"一带一路"是中国推动构建人类命运共同体的重要平台,也是带动哈萨克斯坦多层次、宽领域、全方位与中国交流的动力。邻国中国改革开放以来,不仅改变了自己,也改变了世界,如一些学者所说,"中国已成为全球化的'建筑师'"。在推进哈萨克斯坦和中国的互动交流中,语言发挥着重要的作用。

语言是构建人类命运共同体的纽带。有时在家庭中，即使我们有着同样的语言，有同样的生活习惯，也可能会和父母、孩子、爱人找不到共同话题，可能因为一个不理解，彼此生气、闹别扭。但在哈萨克斯坦与中国两国互信互利的发展中，我们并没有因为语言的不同、生活习惯不同而停止交流。我们更多看到的是"你中有我，我中有你"的命运共同体。正如《论语》所言："四海之内，皆为兄弟。"在与中国的友好往来中，哈萨克斯坦境内出现了通往欧洲的跨国高速公路、中哈原油管道建设等各种项目的合作。

　　国际间的理解，各国间的民心相通都离不开语言。在构建人类命运共同体的进程中，作为公共外交手段的语言有着特殊的地位。随着"一带一路"的建设，哈萨克斯坦的汉语学习者从语言专业慢慢发展到很多学科。因为掌握汉语，就能更多地了解中国。我也有幸因为汉语的需求，开始了汉语教师的工作，每天为十五六岁的学生们讲述中国故事。希望未来这些学生能为中哈友谊、构建人类命运共同体做出他们的贡献。

哈萨克斯坦　古普耐

古普耐【哈萨克斯坦】　　选手介绍

我叫 DUISENBAY KULPYNAY，中文名字是"古普耐"，我的名字翻译过来是"草莓"的意思，学生们喜欢叫我"草莓老师"。我毕业于北京语言大学汉语国际教育研究生院，现在是哈萨克斯坦阿里法拉比哈萨克民族大学东方系的一名汉语教师。

作为一名"人类灵魂的工程师"，我非常喜欢和学生们在一起。我希望用自己的努力，让学生们因为喜欢我而喜欢上汉语。我也希望能为"推动哈中不同文明的交流互鉴，构建人类命运共同体做出自己的贡献。

美好而朴素的"人情味"

各位老师好！我叫叶嘉玲，来自巴拿马，今年21岁。很高兴有这个机会跟各位分享我与中国的故事。

中国是我有记忆以来，生活过的第一个地方。对我来说，中国是自由自在的童年，是吃苦耐劳的土地，更是我新的人生路程。

我出生于巴拿马，当我六个月大的时候，父母因为工作忙碌，把我带到了中国，让姥姥照顾我。我记得每天清晨急急忙忙地去上学，下课以后和同学们并肩走回各自的家，勤奋的我还要在周末去上各种兴趣班。虽然紧张忙碌，但那却是我最快乐的童年时光。虽然我的家庭不是大富大贵，但我身上一直有着身为长女的责任担当，更有着充满欢声笑语的美好童年。

回到巴拿马以后，我只能偶尔从父母口中听到一些中国的消息。我记得2008年汶川地震时，有位伟大的母亲在生命的最后一刻，依旧保护着自己的孩子，这个故事也传遍了整个校园。虽然当时的我没有经历过多少人情世故，但也深切地感受到了这份伟大的母爱。同年，2008年奥运会，更让我感受到了中国人的毅力与坚强，体会到一个国家的强大。当时的我只是个10岁的小姑娘，我坐在爸爸简陋的店铺里，抬头看着电视里每位中国奥运冠军为赢得胜利而留下的汗水与泪水，更一次次目视五星红旗冉冉升起。那一刻，我由衷地为中国感到骄傲。多年以后，我完成高中学业，决定再次踏上这片热土，开始我生命中新的旅程。

在北京，我观察着每位北漂者的生活，也见证着这座城市的发展。我敬佩每位中国人的努力，也记录着自己在这里成长的每一步。现在，已在北京生活了一年半的我，学着自己喜欢的专业，过着充实快乐的大学生活，利用一切机会去不同的城市探索中国的奥秘。我在北语预科结交的朋友们，不仅使我开阔了眼界，更让我发现了自己性格的另一面，他们也让我领会到友谊的真谛。我在中国的时光，很温暖，很幸福。

我们只有一个地球，我们共处一个世界。随着中国提出"一带一路"倡议，慢慢地将中国与世界各地连接起来。人类命运共同体的理念倡导"在追求本国利益时，兼顾他国合理关切，在谋求本国发展中促进各国共同发展"，更是全世界的福祉。这就像我小时候，走在放学回家的路上，有了同学的陪伴就有安全感。这也正像汶川地震之后，有了大家的帮助与贡献，才让汶川再次崛起。我非常感谢中国在自己逐渐强大的时候，不忘记帮助别的国家，共同创造更美好的未来。我希望在学成之后，可以用自己的知识与经验，助力巴拿马与中国的合作，让未来因我们变得更好！

巴拿马　叶嘉玲

叶嘉玲 【巴拿马】　　　选手介绍

　　我是来自巴拿马的华裔留学生叶嘉玲。目前在中央财经大学就读国际经济与贸易专业。我性格随和开朗，这也跟到中国后认识不同国家的人、接触不同文化的人有关。

　　对我来说，快乐就是最大的财富。我的爱好是看书、看电影。我对新鲜事物充满好奇，这也是我不断学习的动力。

一饭一蔬，人间温情

尊敬的各位老师，你们好！

我是来自北京中医药大学国际学院的一名韩国留学生。下面我将通过我在中国的经历谈谈我对"人类命运共同体"的理解。

我从小就来到中国学习，一路走来，我结识了很多有趣的朋友，看到了很多美丽的风景，也尝过了很多的中华美食。但是你若问我最喜欢中国什么地方？我想，不是我领略的山川河海，不是我欣赏的琴棋书画，也不是我惊讶的中国现在正蓬勃发展的科技力量，而是中国很寻常的菜市场。

我很喜欢古龙先生，他曾经说过："一个人如果走投无路，一心想寻短见，就让他去菜市场。"

我有一个高中同学，是很要好的朋友，因为在他高二时父母离婚，他开始变得精神抑郁，学习成绩一落千丈。虽然我和其他同学想过很多办法，但是都不能让他重新振作起来。我忽然想起古龙先生这句话，虽然朋友还没到想不开的地步，但我还是以邀请他到家里吃饭为理由带他去菜市场买菜。

一路上，我们很少说话，穿过熙熙攘攘的人群，听着水果商清亮的吆喝声、买菜阿姨的讨价还价声，看着五颜六色、新鲜的水果蔬菜，我发现他的眼神渐渐地明亮起来，连步伐也轻快了许多。直到菜商对他热情的一声："来看看要点什么？"看着菜商淳朴又友善的问候，朋友的脸上终于露出了笑容。买完菜回到家，我拉着他一起做菜，当热腾腾的饭菜摆上桌，朋友吃着自己亲手做的饭菜，他流泪了。朋友告诉我，那一刻他感觉自己活过来了，觉得不管再遇到什么事情，都可以自己走下去了。通过这个故事我想说，菜市场有的是脚踏实地和一饭一蔬，以及人和人之间虽然不知根底，却愿意释放善意的人情味。

小到寻常的菜市场，大到整个人类社会，这份人情味应该都存在，如果人与人之间没有人情味，那么又如何共同面对气候变化、人口爆炸、环境污染等一系列的全球性问题呢？

就像现在中医要走向世界一样，我希望可以为此略尽绵薄之力，发扬中医学，并帮助更多有需要的人。我也相信，合作共赢才是未来世界发展的趋势。

我的演讲到此结束，谢谢。

韩国　朴京泽

朴京泽【韩国】

选 手 介 绍

我是来自韩国的朴京泽,今年 25 岁,目前是北京中医药大学的留学生。我认为学习中医学,不仅可以帮助别人,也可以帮助自己。所以,我非常喜欢自己的中医专业,也希望身边的朋友们都拥有健康的身体。我还非常喜欢打网球,这是让我释放压力的一种方式。我最喜欢的一句话是"一切皆有可能"。所以每件事情我都会全力以赴,不留遗憾。

他乡与故乡

大家好！我叫沙美德，来自加拿大的滑铁卢大学，是大学三年级的学生。

我在利比亚出生，在阿联酋度过了自己的童年，后来跟随父母搬到加拿大。虽然在一个典型的阿拉伯家庭出生、长大，可我觉得自己更像一个加拿大人。

我从大学一年级开始选修中文，因为中文跟阿拉伯语和英语完全不一样，对我来说这是一个有趣的挑战。中文很快从选修课变成了我最喜欢的必修课，我迷上了中国的语言和历史文化。我想去中国看看，可是学习太忙，实习工作也让我走不开。但幸运降临到我身上，我参加了一个电脑比赛，进入了决赛，而决赛在北京举行！我的梦想就要成真了！

我坐上了去中国的飞机，想象着要看到一个从未见过的新世界，心里激动不已。可当我到了北京，却几乎感觉不到是在一个陌生的地方。这里的商业中心像迪拜一样热闹，繁华的街道上高楼林立，到处是琳琅满目的店铺，马路上热心帮忙的中国人像极了热情友好的加拿大人，我分不清自己是在北京还是多伦多……

我游览了长城、故宫，试着用汉语跟中国人聊天，他们耐心地回答我的各种问题；去饭馆吃饭，好客的中国朋友总是抢着结账。中国人的热情和亲切让我想起童年时在阿联酋的邻居和亲戚，想起在加拿大照顾我的家人、朋友。站在北京的街头，我想家了。

到了加拿大以后，我一直努力让自己成为加拿大人，想要减少阿拉伯文化对我的影响，不知不觉疏远了亲爱的家人和从小一起长大的朋友。北京之行让我深深地意识到：从阿联酋到加拿大，再到中国，虽然文化背景完全不同，但人心相连、人情相通，只要人和人之间友好交往，我们就是相亲相爱的一家人。

谢谢大家！

加拿大　沙美德

沙美德【加拿大】　　　选手介绍

　　我很小就开始学习外语，小学时就读于国际学校，我在那里学习英语，而不是阿拉伯语。我很喜欢英语式思维，与阿拉伯语很不同。我希望学习更多种语言。到加拿大以后，我结识了来自印度、中国、韩国、伊朗、俄罗斯的朋友，他们很愿意教我他们的母语，向我介绍他们的文化。

　　我目前在大学里不仅学习语言，还学习数学，计算机等学科。我非常希望通过语言的学习，能加强与各国朋友的交流，这正是语言的魅力。

紫彤在中国

尊敬的各位评委老师,以及来自世界各地的朋友们:

大家晚上好!

我叫紫彤,"紫"有着优雅的含义,而"彤"则是吉祥的意思。有着广袤大草原的蒙古,是我土生土长的地方,那里有成群的牛羊,有湛蓝的天空和悠扬的牧歌。那如梦一样美丽的地方就是我的故乡。

现在的我身在中国北京,而这里正是成就我梦想的地方。

10年前,2008年,北京奥林匹克运动会让我第一次认识了北京,那是一个洋溢着浓郁的历史气息、载满着梦想的圣地。从那时起,我的心中便埋下一颗梦想的种子,那就是——"一定要到中国来,一定要到北京来看一看"。于是,报考大学志愿的时候,我便义无反顾地选择了蒙古国立大学的汉语专业,现在想来,那真是一个改变人生的选择!

我有一个幸福的家庭,有爱我的父母,还有一个淘气可爱的弟弟。在蒙古,幸福的我从来没有为生活发过愁,基本不用自己去逛超市买生活用品,也很少做饭,我甚至对钱也毫无概念,而且也不怎么懂得与人分享。

来北京以前,我每天憧憬着北京的新生活。而当我真正来到中国的首都北京时,高耸的大厦、错杂的交通、发达的通讯,让我突然不知所措。在这个高度现代化的城市,我必须学会独立面对,必须接受挑战,必须努力适应"五道口"——这个"宇宙中心"的快节奏。

记得有一次我去逛超市,想要买些"面",当我看见"方便面"时,心想,咦?"方便"不是上厕所的意思吗?那"方便面"难道是在厕所吃的面吗?我既新奇又迟疑,拿起方便面又放下。后来才知道"方便面"其实就是"速食面""泡面"。我现在想起来都觉得有些好笑,汉语真是又难又有趣啊!

原本从不用为生活操心的我,现在每周都要去超市选购生活必需品,记下自己的每一笔账;原本对做饭一窍不通的我,也学会了给自己做饭,给朋友做饭,学会了洗衣服;原本不懂得分享的我,现在能够与室友、与同学分享自己的一切。我与她们共同分享快乐与悲伤,与她们一同进步，一同成长。

更让我感动的是，在中国我还深切地感受到了家的温暖。

上个月，我生病了，得了阑尾炎，肚子疼得厉害。我的朋友陪我去了医院，挂号时，护士告诉我挂号要用现金，而来中国以后严重依赖微信支付的我，"身无分文"，就在我像热锅上的蚂蚁团团转时，我身后的一位大叔往我手里塞了100元。我刚说要用微信转账给他时，他却说："我刚刚听到你说蒙语，我是蒙古族，这钱不用还了。"然后他说什么都不肯要我的钱，来自陌生人的善意让我的肚子好像也没那么疼了。你们知道吗？我从未想过一个陌生的异乡人竟能够对我伸出援手，不求回报。我想，这大概就是中国人的气度与善良吧！这大概就是为什么中华民族可以久久屹立于世界民族之林而不倒，而且"朋友满天下"的原因吧！在我生病住院期间，我的同学们也纷纷帮助我，她们轮流陪我去输液，一去就是两三个小时；我的室友每天都给我做营养餐，尽心尽力地照顾我。还有我的导师，她在我生病期间不断询问我的情况，帮助我与医生沟通，她还及时了解我的病情，帮我辅导因生病落下的课程。老师和朋友们对我无微不至的照顾，让身处异乡的我有了家的感觉。

  我真的非常感谢北语，感谢中国给我机会认识这些热心的中国朋友、老师和同学们。

  我会在北语不断成长，成长的不仅是身体，更是心智。这是我第一次来到中国。美丽的中国，发达的北京，温暖的北语，坚定了我继续学习中文的决心。待我学成之后，我一定要做一个像我的导师一样有责任心的汉语教师。

  我也会积极响应习近平主席的号召——"撸起袖子加油干"，为蒙古培养新一代的汉语人才，深化中蒙关系，促进中蒙交流合作，共同繁荣。

  谢谢大家！

蒙古　紫彤

紫彤【蒙古】　　　选手介绍

  大家好，我是紫彤，这个名字的含义是"草原来紫气，华夏满彤云"。我来自有着广袤无垠的大草原的蒙古，今年二十一岁，我的性格活泼开朗，热情大方。我大学毕业于蒙古国立大学汉语翻译班。读大学期间我参加了很多汉语比赛和相关活动，让我的大学生活更加丰富充实，也让我离来中国留学的梦想更近一步。

  2018年，我如愿考上了北京语言大学，今年是我硕士研究生学习的第二年，也是最后一年了。毕业后，我一定要做一个优秀的汉语教师，为汉语国际教育事业作出贡献。

求同存异

大家好!我叫铃木楠弥,我来自日本,现在是大学二年级的学生。

我是今年二月份来到北京语言大学开始学习汉语的,现在已经五个多月了。在这五个多月里,我无数次地被问过一个问题——"你为什么来中国?"这个问题我回答了无数次,可能有几次的回答还不太一样。当然,我印象最深的回答还是"我想亲眼看一看中国"。

来中国之前,我对中国的了解主要来自电视。比如,在日本的电视节目中说:"中国人说话非常直接,有什么就说什么"。来中国以后,在与中国人的交往中,我的感觉和在日本的电视上看到的并不完全一样。

我觉得,跟日本人相比,中国人说话确实是不怎么绕弯子,甚至不如日本人会"打太极"。但我也不认为他们在任何情况下都会"有话直说"。

举一个例子吧，我常去我们学校的运动场打乒乓球，虽然我打得不太好，但是和我一起打球的中国人，他们没有一个人对我说过："你打得不太好。"他们说的是："你的球拍太不好用了，换个质量好点儿的球拍，你一定能打得更好"。每次想起这件事，我都会以为我还在日本，因为这种说话方式对于我来说实在是太熟悉了。但是，这不正好证明了中国和日本在语言以及思想文化上有共通的地方吗？

中国的周恩来总理在处理外交问题时曾经提出过"求同存异"，现在说到中日两国的关系，也常常引用这个词。我在留学生活中体会到，文化差异其实是一件很有趣的事。但是我觉得寻找两国文化中的相同点，更是一件既有趣又重要的事情。

日本　铃木楠弥

铃木楠弥【日本】

选手介绍

  大家好，我是来自日本的铃木楠弥。我从今年二月开始了在北京的留学生活，目前在北京语言大学学习汉语。

  我很喜欢运动，如打排球、乒乓球、篮球等，其中最喜欢的是打排球。我觉得运动也是跟他人沟通的好办法，经过这些运动，我在这儿认识了很多朋友！学习和运动就是我人生的快乐。

天下一家

大家好！我叫李建，我是滑铁卢孔子学院的学生，我来自加勒比海岛国圣马丁。圣马丁以前是荷兰殖民地，所以我会说英语和荷兰语。你们可能觉得奇怪，圣马丁跟中国十万八千里，我怎么喜欢上中文的呢？

俗话说，"有缘千里来相会"。我跟中文的相遇，用这句话形容真是再恰当不过了。故事还要从我中学十年级说起。一天，我一时兴起，决定在网上自学西班牙语。你们可能要说，"嘿！李建，你搞错了！这是汉语演讲比赛，不是西班牙语。"我跟汉语的奇妙缘分，还真是西班牙语做的媒呢。我在自学西语时，偶然发现我用的学习软件，也可以选择学中文。出于好奇心，我决定试试。从此，我就完全被中文迷住了。汉语如音乐般动听的四声，和谜一样的汉字符号，让我不知不觉爱上了她。我开始考虑认真学下去。

三年前,我来到加拿大留学。没想到,加拿大让我离中国更近了。我交了很多新朋友,他们来自遥远的中国。我第一个中国朋友是青岛人,我还有一位诗人朋友。你们看,这是他写的诗集。

我在网上认识了更多中国朋友。一开始,我们只是互相学语言,慢慢地,我们走出网络世界,成了现实世界的朋友。当时我还没来过中国,也从没见过他们。可是逢年过节,他们都会给我寄贺卡、明信片、还有红包。这些从我中学开始的友谊,让我离中国更近了。

我坚信,世界就是一个大家庭。"天下一家"是孔子描绘的理想世界。孔子说,"君子和而不同"。虽然我们来自不同的国家,但是我们都有一样的梦想。

汉语为我打开一扇门,让我找到了心灵的家园。谢谢大家!

　　　　　　　　　　　　　　荷兰　李建

李建【荷兰】　　选手介绍

我叫李建，来自加勒比海岛国圣马丁。我是滑铁卢孔子学院的学生，学习中文五年了。我还没去过中国，但是在中国我有很多朋友。我希望有一天可以去中国旅行或者留学，更多地了解这个东方的神秘古国。

我与中国的故事

尊敬的各位领导、老师、同学们:

大家好!

我叫邱沁凌,我来自泰国最美丽的南方岛屿——"普吉岛"。今天我为大家带来的演讲题目是"我与中国的故事"。

我对中国的印象非常深刻,而我与中国更是有着很深的缘分。我的祖先是中国人,他们都曾经生活在中国。后来因为某些原因,我们全家人迁居到了泰国,不知不觉成了泰国公民。

不过,为了继承中国血统,我从小就在家人的严格管教下,学习汉语。在学习汉语的路上,我遇到了不少困难,比如发音不标准、口语表达不流利、汉字笔画记不住等诸如此类的问题。所以在学习汉语的过程中,我也曾经想过放弃,对中文的兴趣也渐渐淡去。我觉得中文太难了，而我又到底是为什么一定要学习汉语呢？

　　有一天，我在机场遇到了一些迷路的中国游客，他们四处徘徊，不知如何转机，就向我问路。当时的我非常紧张，突然有外国人来问路，我紧张得不知如何是好，但是为了帮助他们，我鼓起勇气，把学过的所有知识都给用上了，最后还亲自送他们到达目的地。当时，他们一个劲儿地感谢我。从这一点一滴的行动，我感受到"助人为乐"的意义，同时也意识到了学习汉语的意义所在。于是，我下定决心要学好中文，学好普通话。

　　北京作为中国的首都，有着悠久的历史和博大精深的文化。为了进一步了解中国，我来到了北京语言大学。时间过的很快，一转眼我来这已经快一年了。在这里，我结识了很多来自世界各国的朋友。

　　要知道我们来自四面八方，五湖四海，语言文化不通的我们该如何相处，该如何交流呢？语言应该是我们之间最大的障碍吧。可是，我想错了。"北语"被称为"小联合国"，在"小联合国"里，俨然只有一种官方语言，那就是中文。中文不仅是我们沟通的工具，更是我们倾诉朋友之间友爱的桥梁！

现在中国政府正在推动"构建人类命运共同体"的理念,全球有190多个国家,约70亿人口,有人将地球比作一艘大船,190多个国家就是这艘大船的一个个船舱。

我作为一个"一带一路"沿线国家华人的后代,我真心希望泰国这个船舱和中国的这艘船,能够世世代代友好下去,泰中两国能够互利互惠、共同繁荣昌盛,这既是老一辈华人的期望,也是我们新一代华人的愿望。

泰国　邱沁凌

邱沁凌【泰国】

选手介绍

  我叫邱沁凌,朋友们会叫我"小凌凌"。我来自泰国最美丽的南方岛屿——"普吉岛"。今年19岁,马上就20岁了,可我好像还没做好准备呢!哈哈!

  光阴似箭,一转眼,来北京已满一年,再有两年就要毕业了。我刚到北京时,一切都是陌生的,觉得自己什么都不懂,饭菜也不合胃口,真有些不适应。俗话说"入乡随俗",现在的我已经完全适应了在北京的生活。我希望能在这里学到更多的知识,更深入地了解中国人,学习中国文化。

我们的亚细亚

大家好！我是来自浪漫的土耳其的金美爱！黄金的金，美丽的美，可爱的爱！我今年23岁，正在外交学院读研究生。

土耳其有一句俗语："会一门语言就拥有了一种人生，会两门语言则拥有两种人生。"如果一个人会说汉语，那么他就可以跟占世界人口四分之一的中国人交流，这简直太棒了。中国和土耳其都拥有着悠久的历史和灿烂的文化，一个位于亚洲大陆最东端，一个位于最西端，曾是古丝绸之路的起点和终点，但是，我们对于彼此仍然知之甚少。因此，我对于中国怀有十分强烈的好奇心，这也正是我选择学习汉语的另一原因。当时朋友们问我："汉语是世界上最难的语言，你确定要学吗？"我的答案很肯定："是的，这就是我的梦想！"四年的汉语学习，让我越来越喜欢中国，越发让我明白了自己的使命与责任，也越发觉得自己的选择是正确的。我来和大家分享一下我学习中文的故事吧！

四年前，我开始在土耳其安卡拉大学学习汉语，我学习汉语的第二年，就参加了汉语桥比赛，扮演小燕子，唱了《有一个姑娘》这首歌，并获得了土耳其赛区冠军，那真算得上我人生中最难忘的一天了。学汉语的第三年，我作为交换生来到厦门大学学习。有时候，我会听着邓丽君演唱的歌曲《在水一方》，漫步在厦门的街头小巷。就这样，那宛转悠扬的音乐陪着我慢慢开始了解厦门、了解中国。很自然地，我一发不可收拾地迷上了这个美妙的国度。

后来，我回到了土耳其。我发现自己十分想念关于中国的一切，尤其是中国菜，比如火锅、煎饼、饺子、奶茶……而且，中国还有很多美丽的地方我没去过，我最大的梦想之一就是周游中国，感受各地的风土人情，体验不同的民俗文化。所以，那时候我就下定决心要再回中国生活一段时间，现在，我又来到中国继续攻读硕士，我非常开心。

有时候我的中国朋友会问我："你离家这么远，不会觉得孤独吗？"虽然我是在土耳其土生土长的，我的外貌可能和你们有所不同，但在我的心里，我认为自己可以算是半个中国人半个土耳其人。一方面，我很喜欢中国，热爱它的方方面面；另一方面，中国也让我感受到了太多温暖，更让我学到了很多东西，我心中满怀感激！

　　这个月15号，我很荣幸参加了在中国国家体育场"鸟巢"举办的亚洲文明对话大会文化嘉年华。当我听到一曲万人互动大合唱《我们的亚细亚》响彻"鸟巢"的时候，当我拿着土耳其国旗与亚洲各国学生一起上台的时候，当我看到来自各个国家多姿多彩、各具特色的表演时，我感到由衷的高兴。我看到了中国为亚洲文明融合所做的努力，那绚烂的灯光仿佛在闪耀着文化交融、文明互鉴的光芒。同时，一股深深的责任感涌上了我的心头，作为留学生，我想我们肩上还承载了促进各国文化交流互鉴的责任。我真的无比庆幸当初选择了汉语专业，我希望我能为两国文化交流贡献自己的一份力量，希望亚洲文化蓬勃生长、繁荣向上。

　　谢谢！

土耳其　金美爱

金美爱【土耳其】　　选手介绍

  我叫金美爱，来自浪漫的土耳其。我今年23岁，正在外交学院读硕士。

  我学中文5年了，刚开始学中文的时候就爱上了中国的方方面面。我喜欢看中国老电影，喜欢听中文歌，也很喜欢唱中文歌。我最喜欢的歌手是邓丽君，她是我心中的女神。我还喜欢在中国旅游、拍照。中国有很多美丽的地方，我希望有一天能走遍这些地方。

我与中国的缘分

大家好！我是来自意大利的辛迪，今天我想说说我与中国的缘分。

我与中国的缘分要从学习汉语说起。刚上大学时我们每个学生都要选择一门语言作为第二外语，出于好奇，也为了挑战自己，我选择了汉语，从此便与汉语和中国结下了不解之缘，正所谓"情不知所起，一往情深"。

最初，没来中国之前，教我们汉语的是一位意大利老师，那时听他说汉语，我真是羡慕，嫉妒，恨！在我心里，中国又增添了一分神秘的色彩。美丽的汉字，灿烂的文化，深深吸引了我。我着魔一般地爱上了汉语与中国，仿佛冥冥中有一个声音呼唤我来中国。那时的我，努力学习汉语、中国文化与历史，憧憬着未来有一天可以去中国看一看。

现在的我，来中国已经一年了，接触了很多中国地道的风土人情，亲身体验了中国的传统节日和习俗。比如前几天，我还学会了如何包粽子，还打算回国以后做给家人朋友吃。正当我尽情享受中国文化之际，一个好消息传来了，那就是今年年初，中国与意大利签署了"一带一路"的倡议，这就是说我的国家未来会和中国有更多的接触，两国人民之间的往来也会越来越多。这样可能几年以后，我的家人在意大利也可以过中国年，也可以体验中国的文化。同样，中国的朋友也有机会品读意大利的文化和历史。这对我来说，简直是天大的好消息！

其实我们虽然说着不一样的语言，有着不一样的文化习俗，但在我看来，我们每一个人都生活在地球上，共处一个世界，共享大自然给予的一切资源，同样要共同面对困难。与其让各国独自前行，倒不如说让"地球村"上的每一位"村民"携手共进！

当然，我作为中意两国文化的见证者，唯一能做的就是更加努力地学习汉语，学习中国文化。这不仅仅是为了自己与汉语再续前缘，更重要的是充当文化交流的介质。我们只有一个地球母亲，人类应该同舟共济。让我们携起手来，齐心协力，一起面对困难！我的演讲到此结束，感谢各位！

意大利　辛迪

辛迪【意大利】　　　选手介绍

  我叫辛迪,来自意大利。我毕业于博洛尼亚大学,专业是德语翻译。我从大四开始与汉语结缘,到现在已经学习了两年汉语,目前就读于北京语言大学进修学院。我非常喜欢汉语,希望在北语的学习经历,能快速提高我的汉语水平。

  我是个活泼开朗的女孩儿,在意大利学习期间,我利用闲暇时间在当地中学教书,我喜欢用活泼的方式激发学生的上课兴趣。平日里我喜欢运动,跳舞、跑步、游泳和做瑜伽。

团结协作,敦睦天下

2017年,中国国家主席习近平在联合国日内瓦总部发表了共同构建人类命运共同体的演讲,他提出,人类正处在大发展大变革大调整的时期。在这个时代,中国的方案是构建人类命运共同体,实现共赢共享,各国之间应相互联系,相互依存,命运与共,休戚相关。

孟子说"天时不如地利,地利不如人和",这是在告诫我们:面对越来越多的全球性问题,任何国家都不可能独善其身,任何国家要想自己发展,必须让别人发展,要想自己安全,必须让别人安全,要想自己活得好,就必须要让别人也活得好。对此我深有体会。

记得两年前,我和朋友们一起参加了东南亚留学生足球赛。这场比赛对我们来说非常有挑战性,但是,因为我们在赛场上团结一心,勠力合作,最后我们竟然得到了亚军。这使我明白了一个道理:不管遇到任何困难,只要齐心合作就一定能够获得胜利!

印尼和中国越来越亲密的关系也是如此。比如,印尼雅加达的地铁、印尼加里曼丹最大的港口等等,都是受惠于中国的"一带一路"的政策,除此之外,中国和印尼在其他许多方面的合作也让两国共同进步。

狄更斯曾说:"这是一个最好的时代,也是一个最坏的时代。"我们现在所处的时代,是一个挑战与机遇并存的时代。经济全球化深入发展,文化多样化持续推进的同时,全球也面临着恐怖主义、难民危机、传染疾病、气候变化等威胁。宇宙只有一个地球,人类共有一个家园,我们应该坚持对话协商、坚持共建共享、坚持合作共赢、共同建设一个持久和平、普遍安全、共同繁荣和清洁美丽的世界。

"德行言语,敦睦天下"。学习语言也是构建人类命运共同体的重要一环,希望能不断提高我的中文水平,为构建人类命运共同体贡献我的力量。

印度尼西亚　洪祺胜

洪祺胜【印度尼西亚】　　选手介绍

　　我叫洪祺胜,英文名字 Frewin Anggrimbald,今年 21 岁。我是北京语言大学的学生,在北京学习汉语大约三年了。我喜欢中国,也喜欢北京。在这里学习,我能交很多外国朋友,学习他们的各个语言,获得丰富的知识。

　　我的性格开朗外向,喜欢跟别人打招呼。我喜欢各种运动,比如踢足球,打排球,乒乓球,滑滑板,跑步等等。记得两年前我和朋友们加入印尼足球团队,参加了"北京东南亚留学生比赛",虽然最终获得第二名,但是我们也非常满意。我希望毕业以后能继续在中国读硕士,积累更多经验。

　　感谢中国,感谢北京!

各美其美　美美与共

大家好！我是来自印尼的留学生 Ketrin，汉语名字叫杨惠斯。今天，我演讲的主题是"人类命运共同体，印尼和中国，我们在一起"！

第一次听到人们说起"人类命运共同体"时，让身为留学生的我感到很新鲜，却也很不理解。于是，我向一位辅导我汉语的学姐请教。她没有直接回答我，却对我说："如果我的宿舍有一位同学得了传染病，自己没有能力去治疗，宿舍里的其他同学也没有去帮助她，反而被这位同学传染。是不是到最后，整个宿舍的人都会得上这种传染病呢？"我想了想，嗯，有道理。学姐又继续说："同样的，如果一个国家暴发一个很严重的传染病，而其他的国家也没有帮助它，是不是最终传染病也会影响到自己国家？"我想也没想脱口而出道："除非那个国家搬到火星上去，不然早晚一定会影响到自己的国家，因为所有人都是活在同一个地球上。"

对啊，正是因为我们所有的人都是生活在同一个地球上，我们经历过血腥的战争和冷战的对峙，也取得过惊人的发展和进步。随着各个国家相互联系、相互依存的程度逐渐加深，越来越成为"你中有我、我中有你"的命运共同体，没有哪一个国家能够独自应对人类现在所面临的各种挑战，或是退回成自我封闭的孤岛。就像习近平主席所说："在这个机遇与挑战并存的时代，更需要倡导一种人类命运共同体的意识，建立更加平等均衡的全球发展伙伴关系，来促进人类的共同利益。"

而作为"人类命运共同体"意识的亲历者和受益者，我正在看到它给越来越多的印尼学生，乃至印尼和中国带来更加美好的未来。

2018年8月1日是我人生中最重要的日子之一。那一天，我收到了中国政府为我提供奖学金的信息，让家庭经济条件一般的我，得到了宝贵的留学机会。出国留学这个梦想，曾经对于我来说，就像站在地球上，想摘取天空中的星星一般遥不可及。我平复了激动的心情，又开始反思：中国为什么愿意"养育"其他国家的"孩子"，而且这些被中国养育的孩子或许最终还会回到印尼，并不会留在中国。

进了大学后,我加入了一个以"一带一路,一起走"为宗旨的学生社团。在这个社团里,我学到了很多关于"一带一路"的内涵和精神。我渐渐地认识到,正是中国"人类命运共同体"意识和"一带一路"倡议,让我还有许多像我一样的印尼学生,能够实现自己的留学梦。我也开始理解,中国愿意帮助其他国家种种的行为背后,是中国政府对世界的情怀与责任担当。正如习近平主席所倡导的,坚持交流互鉴,建设一个开放包容的世界,让文明交流成为推动人类社会进步的动力、维护世界和平的纽带。虽然我们说不一样的语言,有不一样的宗教信仰、相貌和传统文化,但是,我们都生活在同一个地球上,我们都是一家人!

最后,我想用一句刚刚学会的中国古话来结束我的演讲——各美其美,美人之美,美美与共,天下大同!

谢谢大家!

印度尼西亚　杨惠斯

杨惠斯【印度尼西亚】　　选手介绍

  我是来自印度尼西亚的杨惠斯，毕业于北苏门答腊知名高中。我来中国留学已经八个月了，就读于西安交通大学。我在留学期间参加了许多学校活动，包括中、英文演讲比赛、古筝比赛、英文戏剧比赛、主持人比赛等等。我一直努力提高自身水平，增强自己的责任感，努力成为学生领袖。我相信保持开放的胸怀和谦虚的态度，能帮助我掌握多种技能，我也相信勇于尝试比计较得失更加重要。

背包走天下

尊敬的各位领导、各位来宾,亲爱的同学们:

大家好!我叫张德贵,今年 21 岁,来自美丽的千岛之国印度尼西亚。今天我演讲的题目是《背包走天下》。

我与中国的故事离不开我与汉语的故事。汉语完全改变了我的人生。在接触汉语之前,我是个很悲观、很腼腆、没有什么梦想的人。之后,一本《三国演义》,让我开始接触到汉语,让我对学习汉语产生了兴趣。高中毕业后,我决定去中国留学,学习汉语。

2015 年我来到了北京语言大学学习,三年本科学习期间可谓是我人生最快乐的一段时光。北语的老师都像父母那样教导我,照顾我。那时候,我已经把学习汉语当成自己的爱好了。不知道为什么,每当我说汉语的时候,我会变得更加自信,变成了一个爱说话和表达自己观点的人。

学习之余我选择以背包旅行的方式来感受中国、了解中国、学习中国。到目前为止,我已经走了中国的23个省份和43座城市,还爬了8座山。在旅途中真的有很多难忘的记忆。

有一年七月的夏天,我在大理骑自行车绕洱海,途中偶然经过一个白族村庄,穿着白族民族服装的人们围绕着一个点燃的火把,唱歌跳舞。难道这就是传说中的火把节吗?我鼓足勇气,慢慢地走过去,没想到他们一看到我就热情地向我招手。一位白族阿妹拉着我的手,让我跟他们一起吃饭。阿妹的普通话不是那么好,她问我是哪里人,当我说我是印尼人的时候,她大吃一惊,然后热情地跟我说:"小伙子,欢迎你!火把节快乐!"她高兴地告诉身边的白族人,村里来了个外国人,顿时气氛热烈起来了。有个白族奶奶突然拉着我的手,在我耳边说了一句话。我至今也不明白她说了什么,但这重要吗?老奶奶脸上的笑容,告诉了我一切。虽然我们语言不通、血脉不同,但是他们把我看成自己的家人一样。中国人说:"四海之内皆兄弟",我,一个印尼人,在中国深切体会到了这句话最真实的含义。

前不久我参加了"亚洲文明对话大会:亚洲文化嘉

年华",与来自亚洲不同国家的朋友一起表演节目。我们虽然拥有不同的文化,但是我们会很好奇地问对方关于他们的国家呀、民族服饰呀,相处得都很好。最重要的是,我近距离看到了这星球上我最想见的人——习近平主席。当习主席出场的那一瞬间,那种兴奋和感动是无法用言语形容的。习主席发表了重要讲话,说希望亚洲各国守望相助,携手共创亚洲和世界更加美好的未来。这句话给我留下了很深刻的印象。

通过这些经历,我似乎理解了什么叫作人类命运共同体,那就是建立一个开放的、包容的、求同存异的社会。在我们印尼国徽上有一句话:"Bhinneka Tunggal Ika",意思就是虽然我们国家有各种各样的民族,但我们都是一个集体。可见我们也很重视这个理念。我希望习主席提出的人类命运共同体能够促进世界和平与发展,让世界各国人民手牵手,心连心,共享和平繁荣。

我的演讲到此结束,谢谢大家!

印度尼西亚　张德贵

张德贵 【印度尼西亚】　　　选手介绍

　　我叫张德贵（RIZAL CHANDRA），22岁，来自印度尼西亚，现在是北京语言大学汉语国际教育专业的硕士研究生。我从小就对中国的语言、文化及历史感兴趣。学习汉语期间，我参加过很多种汉语比赛并获奖，如汉语桥比赛印尼赛区二等奖、京津冀地区东盟留学生汉语大赛全国赛区三等奖。

　　我喜欢一个人背包旅行。在中国生活四年期间，我已经去过中国24个省的54座城市。18岁时，我独自去朝鲜旅行。我在尼泊尔登上了世界上第八高峰，还曾经在暑假用两个月时间，游走东南亚五国。这些经历都将成为我人生的宝贵财富。

扬帆起航的"中国梦"

我的中文名字叫奥尼,来自贝宁。我小时候特别喜欢看中国电影,听中国歌曲,但我从来没想到有一天自己可以开口说汉语,更没有想到会来到充满无限魅力的中国。

我在高中时是学习科学的,从来没有学过汉语,连一个汉字都不会写,来中国这件事更是想都没有想过。

高中毕业后,我考上了贝宁的阿波美卡拉维大学。那天是我永远不能忘记的一天。我在校园里散步,正打算离开时,看到一群学生正在开心地唱歌,他们唱的是中国歌《朋友》。我向他们问好,聊了几句后才知道,原来他们是孔子学院的学生。那天他们教了我几句汉语,都是最简单的词语,比如"谢谢""你好""朋友"。他们待人十分友好,我被他们的热情感动了。于是,我决定学习汉语。从那天起,我和汉语的缘分就开始了,我与中国的距离也缩短了。

一个人可以一无所有，但一定不能没有梦想。有梦想的人是幸福的，有梦想的人生是充满希望的人生，而没有梦想的人就像没有味道的食物。我与中国的故事是从我的第一个中国梦开始的。我的第一个中国梦很朴素，它来自我对中文的热爱。我的第一个中国梦是来到美丽的中国继续学习汉语。为了让梦想实现，我每天都努力学习。一开始，汉语对我来说真的很难，但我告诫自己不能放弃，磨杵成针，坚持下去，我一定会成功。

过了几个月，我发现自己的努力没有白费，我的辛苦付出总算给我带来巨大的回报。我学会了一般的日常会话，也学会了用汉语交流，我能跟中国人对话了！更幸运，也让我更开心的是我通过汉语水平的四级考试，并有幸获得了孔子学院奖学金，可以来中国北京学习汉语。我心里特别高兴，特别自豪。只要能说中文，我就乐在其中。只要能置身于汉语世界，我就感到幸福无比。

汉语把我带进了一个新的天地，汉语已经融入我的生命，我与汉语，我与中国已经无法分离。我与中国的故事如此简单，我与中国的故事刚刚开始，我的中国梦才刚刚起航。

贝宁　奥尼

奥尼【贝宁】

选 手 介 绍

我叫奥尼,20岁,贝宁人。我是个热爱生活的人,目前在北语读本科二年级。我喜欢学习各种语言,爱好打篮球。母语为法语的我希望能把汉语、日语、西班牙语都学会,将来成为一名优秀的多语种翻译。我的性格开朗乐观,有很多好朋友。小时候,我特别喜欢看中国电影,听中国歌,但我从来没想到有一天我可以开口说汉语,更没有想到会来到充满无限魅力的中国。一个偶然的机会,我开始学习汉语,并通过努力获得了孔子学院奖学金,来到北京学习汉语。汉语把我带进了一个新的天地,汉语已经融入我的生命中。我与汉语,我与中国已经无法分离,我的中国梦才刚刚起航。

中国印象

尊敬的评委老师、同学们：

大家下午好！

我是速成学院的学生小钱，来自美丽的刚果共和国。我很荣幸能够参加这次演讲比赛。

以前，我对中国一无所知。在刚果，我们能观看到中国的电影，有的中国电影已经被翻译成法语，有的没有翻译过来，我只能跟着字幕来看。我听到中国人说话和法语差别很大，这也引起了我的注意。我很想知道中国人到底如何说话？在电影里经常会看到演员在吃白色的食物（其实就是"馒头"）我也想尝一尝那是什么味道。

最让我感到很奇怪的是，我们国家只有旱季与雨季两个季节。但在气温29度的天气里，我还能看到中国人在喝热水。我想这一切也许与中国人的风俗习惯有关。但由于当时自己完全不会说汉语,只能模仿一些发音。

2013年,孔子学院在刚果成立,开了汉语课,我就去报了名。在学习的过程中,开始我觉得汉语很难,很想放弃。有的中国老师不会说法语,只讲汉语;有的老师不会说法语,但会说汉语和英语。如果用汉语解释学生听不懂,老师就用英文来解释,但我也听不懂英文。当时,我真想放弃。我对父母说:"没想到汉语这么难,什么都听不懂!"父亲说:"没事,我来付学费,你就专心上课。别总抱怨汉语难!加油!"

有一天,老师对我说:"我知道你很喜欢汉语,但没有任何一门外语是可以轻易学会的。"然后,老师在一张纸上面写下"只要有磨杵成针的精神,就一定会学好汉语。"正是这位老师给我起"小钱"这个中文名字。我叫他"王老师"。

2013年9月份,我来到北京。我发现首都机场人山人海,人们的语速与老师完全不一样,而且说话声音很大,听起来好像在吵架。过安检的时候,我看见前面排了很长的队伍,我还以为发生了什么事情,也许前面有人在打架,也许是有人晕倒了。我就用法语问老师,前面为什么排这么长的队。老师回答:"在中国应该遵守规则,做任何事情都要讲究。"

汽车在高速路上行使的时候,我发现道路两侧几乎没有平房,都是高楼大厦,实在是很漂亮。

第一天上课时,老师有时会站在讲台上讲课,有时候会走下来,这与我们国家的老师很不一样。刚果有的老师会一直坐着讲课,一站起来就意味着下课了,他们似乎不太关心学生的学习过程,只按照考试成绩判断你是否是好学生。但在中国,老师一直会关心你,也会"因材施教"。这是在中国这几年发现的一个重大区别。

有一天,我独自去饭馆吃饭。服务员拿来菜单,上面一张图片都没有,我一下愣住了,这可怎么办?完全看不懂啊!我说:"我要这个、这个,还有米饭。"服务员根本不知道我到底想点什么菜,当时我后面还有人在排队,实在太尴尬了。好在这时有位中国学生用英文问我:"你想点什么?"从那时起,他就成了我的语伴。

我们在上课时,老师经常说:"如果你想快速提高汉语水平,就应该多听、多说、多读、多写。每个学生都应该找一位中国语伴,练习汉语。"那个时候我很害羞,怕说错,对方会觉得我很笨。我就开始多听书里面的光盘,多看动画片。我看过动画片"熊出没",电视剧"先结婚后恋爱",还有电影"人在囧途"。我是这样练习的：我先多次重复每一句台词，然后跟着说话人一起说，一边说一边记。第二天上课的时候，老师表扬我了，我觉得这个方法很好。

周末的时候，我与同学们去公园。那里有的人在跳舞，有人在跑步，有的人在唱歌，有的人在练太极拳。让我很好奇的事就是，70%正在锻炼的人是老人，这在我们的国家是不可能见到的。北京人口比我们全国的人口还多，交通拥挤。一般早上七点和傍晚的五六点钟是北京的早晚高峰，道路非常拥挤，尤其是周五的时候。在中国最快，而且从不堵车的车叫做地铁、高铁。

在中国买东西，如果忘了带钱包，完全不用担心。只要有手机或者银行卡就可以安心购物。同学们也会在"淘宝""京东"买东西，应有尽有。这种科技，这种生活方式在我们的国家还没有。

我还发现中国人确实喜欢喝热水，无论什么季节都喝热水。有一天，我问一位中国朋友："为什么你们喜欢喝热水呢？"他笑了说："这与我们的生活习惯有关，喝热水对身体好，不容易生病。"我告诉他："这跟我们的国家不一样，我们只会在早餐时喝茶，或把牛奶加热再喝。有人也在晚餐时喝点茶或牛奶。"中国有一句俗语叫"入乡随俗"。于是，我也开始喝热水了。我和同胞们相聚时,他们经常开玩笑说:"你在喝热水,你变成中国人了吗?"

谈到对中国人的印象,我觉得中国人很善良、热情,很客气,对外国人很友好。中国给我留下了非常美好的印象,我爱中国。

刚果共和国　小钱

小钱【刚果共和国】　　选手介绍

　　我是小钱,本名是 Christ Godel TSOKINI,来自美丽的刚果共和国。我现在是北京语言大学研二的学生。我来中国已经六年了,我理想的工作就是成为一名汉语老师。

　　我的性格热情开朗,为人诚实善良。我做事认真、学习积极,善于与人沟通。为了更快地提升汉语能力,我积极参加课外文体活动和各种社会实践活动。我还参演过不少电影,包括《战狼》《中国推销员》《烈火英雄》《蓝盔特战队》。我的兴趣爱好广泛,喜欢弹钢琴、唱歌、打鼓和踢足球。在我心中,中国是我第二个祖国,我对中国充满了浓厚的感情。

大道不孤　德必有邻

我的演讲题目出自孔子的《论语·里仁》，原话是"德不孤，必有邻"，我想这句话用来形容现在的中国最为合适。中国政府在2012年提出人类命运共同体的概念，我对这个概念的理解是：在地球村，我们都是地球人，我们都要为了地球的永续发展而努力，为了让这个世界变得更好而努力，为了人类的共同命运而努力。在此前景下，我们是休戚与共的共同体，是一家人。

而中国就是用实际行动去践行人类命运共同体的理念，也用实践去印证了"大道不孤德必有邻"。众所周知，中国已经成为韩国最大的贸易伙伴，最大的出口市场，最大的进口来源国，最大的海外对象国，最大的留学生来源国，也是最大的海外旅行目的地国。我在这里连续用了六个"最大"来证明，中韩两国已经成为名副其实的战略合作伙伴，也是推动世界发展的共同体。

接下来说说我与汉语、我与中国的故事。高二那年，我第一次接触汉语，一下子就被击中了。那是一种似曾相识的、熟悉的感觉。2010年上海举办世博会的时候，我第一次来到中国，一下飞机就有似曾相识的感觉，这或许是冥冥之中的安排，这种熟悉的感觉让我决定来中国！学汉语！

2013年我来到北语读本科，学习汉语。我学习汉语最初目的，是想毕业以后从事翻译工作。但是在中国的生活中，在与中国人民的接触中，我发现我慢慢爱上了汉语，爱上了中国，也爱上了一位中国姑娘。因此毕业的时候，我放弃了去做翻译，而是选择了做一名"汉教人"。我想以后从事汉语国际教育的教学工作。孟子所说的"君子三乐"，其中第三乐就是"得天下英才而育之"，我想毕业后去韩国教韩国学生学习汉语，帮助他们了解中国。

在北语研究生学习期间，我也认识了很多志同道合的朋友，很多不同国家的"汉教人"。我们都在汉语国际教育这条康庄大道上奔跑，我们并不孤单，正如我题目所说的"大道不孤　德必有邻"！

谢谢大家，我的演讲完毕。

韩国　任俊杰

任俊杰【韩国】

选手介绍

　　大家好，我是任俊杰，来自韩国。我学习汉语的经历可以追溯到2008年，那年我在读高二，在日语和汉语之间我毫不犹豫就选了汉语。我的选择不仅因为高中那段时期，韩国兴起了"汉语热"，还因为随着全球化时代的到来，中国的实力越来越强大，学习汉语的热潮已经跨越国境，迅速蔓延到世界各地。我的梦想从小的方面来说，是成为国际汉语教师或者同声传译翻译员，从大的方面来说，我希望自己未来能为中韩两国的友好关系做出贡献。

隐藏的快乐

上次学校带我们去旅游,当我准备行李时,心里充满了期待:旅行快开始了!我从小就认为世上没有比旅行更有趣的事情。出发时,我就很兴奋,觉得这次旅行肯定会遇到许多新鲜事。

我们此行的主要目的是爬黄山,出发前老师还给我们看了黄山的一些照片。我小时候都听说过这座山很美,说是"五岳归来不看山,黄山归来不看岳",那是一座令人神往的中国文化名山。

总之,我当时甚至比过节还要高兴。当然我也知道,事物总有两面性,在欢乐的同时,我们还要面对免不了的困难,比如:不合口味的食物,旅途的疲劳,风雨不定的天气等等。不过,正是在最沉闷的时刻,我发现了中国人隐藏的快乐,领悟了人生的启迪。

那是在开往黄山的火车上。我们要坐二十多个小时的火车,才能抵达黄山。坐那么长时间的车难免会觉得很无聊。为了消遣,我的朋友们一上火车就问我要不要玩扑克,还教别人怎么玩,他们学会了也加入我们一起玩了起来,大家都觉得很开心,不知不觉过去了几个小时。不过一听报的站名,才知道还有漫漫的长路。

　　下午的车厢很闷热,大家渐渐都变得没精打采了。我情绪不高的时候不喜欢自己待着,一定要找人聊一聊,至于聊什么我也不知道,最好找陌生人;我总觉得认识陌生人,是一件很有趣的事情,我总会发现一些新的东西。不管怎么样,肯定会有收获。孔夫子不是说过"三人行,必有我师"嘛!

　　我们的车厢里都是来自各个国家的同学,几乎没有中国人,所以我就去别的车厢走走看看。很偶然地,我碰到一位老人,手里拿着方便面,朝着我微笑。他亲切友好的笑容,把我沉闷的心情一扫而光。车厢里大部分人都抱怨太热,显得很不耐烦,我本来也打算回去睡一会,但看这位老先生似乎很有兴致,还望着窗外的景色,好像在寻找什么。老人问我来自哪个国家,还问我要去哪儿。我没想到,他很了解欧洲。我告诉他学校带我们去旅游,他目不转睛地望着我,不知道他是在羡慕我们的旅行,还是在回想他曾经的旅行……

我抱怨着车厢狭窄，天气闷热，坐了这么长时间，也没人开空调……但他只是安静地望着窗外，有时候嘴边甚至浮现出一丝淡淡的微笑。我也顺着他的视线望向窗外的那些树，它们在微风中摆动，像是在快乐地舞蹈……

老人原来是在欣赏窗外的风景，好像真的忘记了车厢带来的不适。我没有想到，那些旅途上真正的快乐，竟然都隐藏在被我们忽略的车窗之外。想到这里，我的心情也随之云开月朗了。

格鲁吉亚　立诚宇

立诚宇【格鲁吉亚】　　选手介绍

  我叫立诚宇,今年 24 岁,来自格鲁吉亚,目前是北京语言大学汉语言专业的大四学生。我最喜欢的作家是莎士比亚,对各种新的语言充满好奇心,目前会讲 5 种语言。我的个性开朗幽默,喜欢结交有趣的朋友。我希望自己未来可以成为一名作家,并且能用中文写作。

"洋雷锋"的中国故事

我叫帕特,我是华中师范大学外国语学院的一名博士研究生,我来自刚果民主共和国。

2013年,我接到了一个改变我一生的电话。那是中国驻刚果金使馆打电话给我,他们通知我:我是被选上了来华中师范大学读研究生。

从此,我和中国的故事开始了……

那一年,我一个人走出国门,经历了25个小时的漫长行程,终于在晚上抵达了北京。下飞机后,我看到了一个偌大的机场。出机场后,那一座座高楼、一条条公路,让我目瞪口呆。第二天,我坐上了从未坐过的高铁,速度快得吓人,转眼就到了武汉。第一天上课,我非常好奇,我很想看看中国的教授是怎么讲课的,中国的同学是怎么相处的。一天下来,我对老师们上课的方法非常满意,中国同学的热情让我非常感动。

我在中国的生活很简单，并没有家人想得那么复杂。我妈总是担心我水土不服。武汉我的第二故乡，它夏季的炎热和冬季的寒冷已经超乎我的想象。武汉甚至比我的第一故乡金沙萨还要热。相比以前，来武汉后，我都晒黑了好多。

我特别喜欢小孩儿，尤其是中国孩子。他们不但好奇心强，而且非常可爱。其中有两个小孩儿令我印象深刻。第一个孩子遇到我的时候，直接对他的母亲说："妈，你看！小黑！"第二个是两三岁的小女儿，她一直都在看我。但当我和她打招呼时，她却一下子就哭了起来。不过我一直认为黑皮肤也是最安全的肤色，因为在黑夜的时候，坏人看不到我。

我很羡慕中国人，因为他们生活在一个和平稳定、地大物博、资源丰富的国家。中国的很多东西也给我带来了很大便利，比如：微信、淘宝、支付宝、共享单车，中国的高铁——时速350公里的"复兴号"，目前排名世界第一。我也希望我国人民能享受到这么高科技的民生服务。我希望中国和我的祖国能一起努力奋斗，同时我也希望外国人在中国能有很好的口碑。于是，我发起成立了"华师洋雷锋志愿队"。

五年来，我通过自己的努力，为团队注册微信公众号。我用自己中国奖学金的钱为团队定做团队标志（Logo），买了队旗、马甲、帽子、工作牌等其他东西。现在我们已经成了一个正式、规范的团队。

作为队长，我策划并参与了很多项目，例如：每年春运，在武汉各大火车站提供志愿服务；在丽岛花园社区举办英语支教；每年参加武汉马拉松志愿服务；武汉网球公开赛的志愿服务；同时今年我也将很自豪地带领"华师洋雷锋志愿队"去参加2019年在武汉举行的第七届世界军人运动会，我们也正在策划参加2022年北京冬奥会的志愿服务。

我这样做也是为了回报和感恩美丽的中国，因为没有中国政府奖学金，我就无法发挥自己的组织能力，也无法把雷锋精神发扬光大。

2018寒假我回到我的祖国，我在金沙萨大学宣传中国、宣传武汉，并且我给金沙萨大学的学生们介绍武汉的2019年世界军人运动会。我将用自己的实际行动，把雷锋精神传播到世界各地。

刚果金　帕特

帕特【刚果金】   选手介绍

我叫帕特,全名是 SADI MAKANGILA Patrick,我来自刚果民主共和国。目前在华中师范大学读博,我的专业是英语语言文学翻译。

我已经在中国生活了6年。我的爱好是写小说、写书。我喜欢激励别人永不放弃,带给年轻人希望。我自己的人生故事就是"永不放弃"的典范。我爱中国、我爱中国人。

神奇的钥匙——汉语

我叫李娜,来自历史悠久而又充满魅力的文明古国——阿富汗。从我开始学习汉语到现在已经五年了。

高中的时候,我从来没想过会选择中文作为我的专业,更没想到有一天我会去中国读书。2013年,我在喀布尔大学中文系开始学习汉语并接触中国文化。我的一名老师曾这样说:"你们别看在社会上你们的专业没有其他专业受欢迎,但你们的专业是一把钥匙,就是进入社会的钥匙。"为了进入社会,为了发展自己的能力和实力都需要这把钥匙。

从那时候起,我对中国的语言和文化产生了浓厚的兴趣。2015年中国驻阿富汗使馆第一次举办"世界大学中文比赛",我很幸运参加了比赛并获得了第一名。这让我十分欣喜和激动。我没想到,在全国性的第一次比赛中我能得到第一名!

在那一刻，我人生中第一次深刻地感受到，学习中文，学好一门语言，会对一个人的人生产生这样巨大的影响。我希望自己能够成为中阿友谊的使者，为两国交往贡献自己的一份力量。

2016年底，我以优异的成绩从喀布尔大学孔子学院毕业。当时喀布尔大学孔子学院正在招聘本土汉语教师，对我来说是一个千载难逢的机会，因为我的理想就是成为一名大学汉语教师。经过精心的准备和各位中国老师的指导我成为了喀布尔大学孔子学院的本土汉语教师。

经过在阿富汗两年的汉语教学，我体会到，要想进一步提高阿富汗的汉语教学层次，需要继续进修汉语，加强专业知识。于是2018年我有幸被北京语言大学这样的名校录取，我非常地欣喜和激动！

我是阿富汗人，但是中国也是我的第二个家。汉语这把神奇的钥匙，为我打开了一个新的国度，这里悠久灿烂的历史、热情友善的人民、自强不息的精神，都令我神往。

在学习汉语的过程中，我深刻地体会到，我所获得的一切不是一个人努力的结果，而是我的家人们、老师们、朋友们，以及我周围所有的人共同努力的结晶！在这一段时间,我真实地感受到了"人类命运共同体"的意义和价值!我相信,人类没有边际,国家之间也不应该存在隔阂,如果想取得更大的成功,仍然需要周边的帮助和支持。一个人的成功是不可能的!

在座的留学生朋友们,作为一名汉语学习者,让我们一起继续努力,继续奋斗,将"汉语"这把神奇的钥匙传授给自己国家的人民,代代相传,为打造"人类命运共同体"做出我们应尽的贡献!

阿富汗　李娜

李娜【阿富汗】

选手介绍

我出生于1995年,目前在北京语言大学读研究生。我于2016年毕业于喀布尔大学孔子学院汉语专业,毕业后留校工作两年。在这期间,除了从事图书馆管理,教学,翻译,组织文化活动等,还有幸参与了《习近平治国理政》一书的波斯语翻译工作,还曾为中国驻阿富汗大使馆提供翻译服务。我曾多次参加各种培训及学术活动,曾翻译过凤凰电视台与伊朗经济事务与财务部长的采访,并于2019年在《诗歌》杂志上发表阿富汗诗歌的译作。

此生无悔来中华

大家好！我是来自乌兹别克斯坦的留学生小玉。我的专业是中文教育。

首先要感谢我的爸爸，是他的坚持，让我选择了学习中文教育这个专业。爸爸是一名历史学家，他对中国有一定的研究，在他耳濡目染的影响下我对中国这个伟大又古老的国家有了一定的了解，对汉语这个好听却难学的语言有了一些接触，对汉字这种美丽又神秘的文字产生了兴趣。爸爸说："随着中国经济的发展，中国在世界的上影响力会越来越大，中文的传播也会越来越广，所以学习中文，你一定不会后悔。"说的通俗现实一点就是，学好汉语，前途一片光明！我很感谢我的爸爸，我现在一点也不后悔学习汉语，中国同学会说一句话是"此生无悔入华夏"，我想说"此生无悔来中华"！

我知道的第一个中国人是毛泽东，中国人民喜欢亲切的称呼他毛主席。我学到的对生活帮助很大的一句话，就是毛主席所说的"具体问题具体分析"！这句话对我的帮助真的很大，它让我面对困难时不再手忙脚乱，让我可以从容不迫地、有针对性地解决问题。我想这就是中国人的智慧吧！

很感激能有一年交换学习的机会，让我如愿以偿地来到了中国，爬上了最最宏伟的长城！吃到了最最好吃的中国美食！认识了最最可爱的中国朋友！

第一次来中国就有件让我很感动的小事。我去办签证，却不认识路。我问了一位年长的警察，结果并没有听懂他说的话，我向他致谢之后，就继续往前走。没走几分钟，那个警察骑着电动车追过来了，他说："姑娘，姑娘你走错了！"然后，他亲自把我送到了办签证的楼。

这件事让我体会到无论什么国籍，无论能否相互沟通，当需要帮助的时候，中国人民都会热情的帮助你。这个故事是很小很小的事儿，但是"九层之台，起于累土"，正是有这些可爱的中国人民，才构成了伟大的中国。

感谢汉语，让我与中国结缘，更感谢中国，让我与世界结缘。

乌兹别克斯坦　小玉

小玉【乌兹别克斯坦】　　　　选手介绍

　　我叫Mokhinur，中文名字是小玉，是一位来自乌兹别克斯坦的23岁姑娘。我喜欢看小说，喜欢打排球。现在我是大四学生，专业是中文教育。五年前，我从未想过中文会成为自己生活中不可分割的一部分。我去年获得了中国政府奖学金，就来到中国留学，并且在中国度过的生命中美好的一年时光。我希望自己毕业之后，能找到与中文相关的好工作，弘扬中国文化。

中国，我来了！

　　如果有人问我：除了你自己的国家，你所向往的生活的地方是哪里？我肯定会斩钉截铁地回答：中国。大家好，我是来自东南亚的千岛之国——印度尼西亚，名字叫汤恩贞。

　　不知何时，我对中国这个国家产生了兴趣，感觉中国是个非常神秘又丰富的国家。它蕴藏着悠久的历史，拥有着多样的文化。虽说中国是一个国家，但每个地方的语言、习俗、故事都是色彩缤纷，无限丰富的。高中时，就在我对中国的热爱正火烈时，我听到了申请奖学金去中国读书的消息，我就毫不犹豫地报了名。这不仅能让我踏进中国——我的梦想之国，还能帮助母亲减轻负担。当时，我已经在读高三，准备考大学，妹妹也准备上高中。如果我们的学费都是自费的，再加上房租，父母的负担肯定很重。我家虽然不算贫困，也不是富豪家庭，出国留学是我一直以来的梦想。没想到，我真的被选上了。2012年的一天，我收到了厦门华侨大学的入学通知书。

四年的大学生活开始了。原本可以跳级读大二的我，选择了从大一开始学习。我原来胆子比较小，第一次来到中国，对什么都不了解，就选择放弃跳级的机会。一年后，上大二的时候，我想更快速地提高自己的汉语水平，就鼓起勇气参加了学校组织的学生活动，我与50多名中国学生一起去了甘肃积石山当志愿者。

我早就听说过，中国的大西北还在慢慢地发展，但由于大西北的地理位置偏远，发展速度远远落后于其他地方，我那次是亲身感受到了。我们在积石山待了一个月左右。身为一个东南亚人，洗澡是每日必做的事情。但到了那边，我一周最多只能洗两次澡。刚开始很不习惯，但慢慢也只能忍着，毕竟这是我自己的选择。我们在积石山的任务是教书，对象是积石山小学二到六年级的小朋友们。在积石山的那段时间里，给我印象最深刻的就是孩子们每天早上来学校的热情，让我的每个早上都充满着力量。他们在学校门口唱着歌，叫着我们的名字："汤老师！汤老师"！那种响亮又温暖的声音，到现在我还记得清清楚楚。我去过那些小朋友们的家拜访，他们父母很热情地招待我们。满桌朴素简单的馍馍，配着一壶暖暖的茶水。我四处张望，满墙都是他们孩子的奖状与家庭照。他们的家虽然很朴素——墙是无喷漆的砖头墙，地板是无瓷砖的水泥地，但我觉得他们家比城里的许多家庭还要温馨。不知不觉一个月过去了，我们得回厦门了。那一个月真的是让我学习到不少东西——知识的价值、孩子们的单纯、朋友之间的友谊、简单的幸福。如有时间，有机会，我真想再去一次。

  参加了那个活动之后，我的中国朋友慢慢多了起来，我对中国的感情也越来越深了。大学毕业后，我回国工作了一年，想来想去，很想再次回中国念书，因此我决定继续读研究生。当我得知被录取了的时候，内心无比激动。我心里想着：中国，我回来了！北京，我来了！

  其实我与中国的故事还有很多来不及讲出来。我希望这短短的几分钟内，听众朋友能感受到我的真诚，能感受到我对中国的热爱与感激。我的演讲到此为止，希望以后我还有机会和你们分享我在中国这几年的收获与感受。谢谢大家！

印度尼西亚 汤恩贞

汤恩贞【印度尼西亚】

选 手 介 绍

  大家好,我来自千岛之国,东南亚的美丽岛国——印度尼西亚,我的名字是汤恩贞。我平时喜欢看电影、拍短视频。我目前在"字节跳动"工作,主要做海外用户运营。能够留在北京工作是我的梦想,现在终于实现了。可能我的工作和自己的专业背景没有直接联系,但我觉得人生总得不断学习,不断挑战自己,拓展自己的领域,未来才会有更多的机会。希望与大家有缘相见!

优秀决赛作品

EXCELLENT FINAL

胡同里的家

作为第一次到国外生活的年轻人,尤其是到一个像中国这样神秘的国家,安家落户并不是简单的事情。不料,这个在大多数西方人眼里遥远未知的地方,居然会让我爱上它的一切。

我和中国的故事在两年前就开始了。从意大利到北京飞行时间10个小时左右,我一路上激动万分,一直没睡着。终于到了北京,我一个人走在车水马龙的大街上,感觉世界还真是个无边无际的地方,只要坐上了飞机就可以俯瞰这广袤的土地。天空与土地的距离,果然是既遥不可及又触手可及,天空中这条看不见的路线,可以带我去任何我想去的地方。

那个时候,我还住在学校宿舍,刚到校园,在宿舍楼里没走几步就受到了来自全球各地的同学的热情招呼。我觉得,生活当中能接触到不同文化的人的机会非常难得，因此决定住校一年。

直到 2018 年的时候，我从既繁荣又国际化的五道口搬到北京城里最有代表性的地区，也就是什刹海旁边的胡同。在鼓楼大街的一个没有名字的胡同里，有一个小院子叫作："理院儿"。没想到，这个地方竟然会变成我的家。在笔直的胡同里走，心里就会有一种历史的穿越感。环顾周围也看不到摩天大楼了，而那些年代久远的旧式建筑从胡同的墙壁后面映入眼帘。早上出来上课，经过什刹海，看到清晨的阳光照在鼓楼上，是那么新鲜，那么美好，我感觉到自己真正生活在中国，真正生活在古都北京。

说到胡同的居民，都是安土重迁的老北京，他们说的并不是像大学老师那种清晰、标准的普通话，而是舌头打着卷儿的地道北京话。住进了胡同以后，我发现，他们的生活还保持着过去的习俗，聚集在胡同口打打麻将，聊聊天，去后海边儿喝两口儿，去北海公园儿遛遛弯儿。我出来进去，大爷大妈会说："小伙子，今儿干吗去？"这是我体验到的胡同老居民的日常生活。

可是在这种充满了中国特色的气氛中，还存在着非常国际化的现实。这个小院里有三户人家，各有各的文化背景。离我家最近的是一对美国夫妇，其中妻子有中国血统的。在我家的右边，住着一个有异国情缘的家庭，夫妻二人是两位艺术家，分别来自中国和罗马尼亚。住在我家后边的是一家三口，他们是普通的北京市民，家里有一个正上中学、处于青春叛逆期的少年，房间里经常吵吵嚷嚷的；不过出来跟我说话，男主人又都是一口一个"您"，和和气气的。他给我讲小院儿里住过的外国人，说有的素质不错，有的呢，在院儿里烧烤、闹酒，"我们怎么着也得归置归置吧"，说着一边摇头，一边宽容地笑着。院子里的邻居们不仅互相了解，而且更重要的是，他们互相照应。尽管胡同是中国传统民居的一个珍稀标本，但在这个地方也能碰到来自世界各地的人。这么多不同国籍的人聚集在北京共同生活，共同奋斗，共同追求幸福，就是"和而不同"的人类命运共同体的一个缩影。

　　胡同里多元共存的语言和社会现象让我深深着迷。家住胡同，让我大大增加了对中国人、中国文化的了解，也让我能说一口地道的北京话了。各位留学生朋友，如果你想真的了解北京，了解中国，跟我一起来胡同住吧，相信一定会让你度过你一生中最美好的时光！

意大利　阿雷

阿雷【意大利】　　　　选手介绍

　　我出生于意大利米兰,从小就受国际化的环境吸引。今年23岁的我,性格开朗活泼。我在少年时期就能用四种不同的语言进行日常交流,这也使我很早就产生了出远门、看世界的想法。于是,我离开意大利,来到了中国。我并没有太多的兴趣爱好,只要有台电脑,能够听听音乐,看看电影,就能很好地放松自己。我希望未来能成为自己家乡——时尚之都米兰的代言人,把意大利的时装文化推广到中国。

放下标签 拥抱世界

大家好！我叫Bolor，来自蒙古。今天演讲的题目是《放下标签，拥抱世界》。我的中文名字叫保罗，一听到我的名字，大家一定以为会看到一个高大帅气、金发碧眼的小伙子，很可惜，我并不是位帅哥。其实，这就像我们对一个陌生文化的态度一样，我们总是习惯于给陌生事物贴上标签。比如提到日本，就是寿司，提到埃及，就是金字塔，提到蒙古，就是整个都是一片草原，人人都会骑马，能歌善舞。很遗憾，我又要让大家失望了，我就不会骑马，又五音不全。

同样，在我没有来北京之前，对北京的印象标签就只有"长城""故宫""烤鸭"，还有一个"还珠格格"。但随着汉语水平的提高，我对中国有了比较深入的了解，当初的标签也都已经淡化，而被那些可爱的人和说不完的故事所替代，我印象中的中国变得更加生动真实，我也完成了人生第一次的"标签更换运动"。之所以能完成这次更换，是因为我掌握了汉语这一语言，而这也使我真正理解了，什么叫人类命运共同体。

作为世界第二大经济体和一个正在崛起的大国，中国正吸引着无数名来自全球各地的青年在这里留学和工作。我们的校园也成了一个容纳着各地年轻人的小型"世界村"。因为我们共同掌握了同一种语言——汉语，我们的交流不再受到语言限制，我们能够与更多的人交流思想，碰撞出新的火花。在这里，我们交到来自各个地区的朋友，收获了真挚的友情，与他们在这里同呼吸、共命运，可以说在校园里，我们首先体验了人类命运共同体。

随着越来越多的人开始学汉语，汉语已成为世界最重要的信息载体之一。掌握汉语不仅给我们提供了能够更好地了解中国文化和社会的机会，也已经成为能够与更多来自世界各地的人进行交流，获取更多知识的一大途径。在这信息大爆炸时代，信息泛滥，每时每刻都产生着大量断章取义或偏激的新闻，而掌握汉语和跨文化交流的经验，则让我们获得了那么<u>一丝丝</u>辨别真实有效信息的能力，从而消除偏见，获得真知。

在交流的过程中，我们会消除对一个国家或民族传统文化的误解，发现某些我们道听途说的不可思议的事件，其实并没有传闻中所描述的那样惊悚，也会发现看似美好的地方也存在着不完美的弊端。我们学会多方位思考问题，我们的世界观也更加成熟、完善。我们虽然出生在不同的国家，孕育在不同的文化里，但我们都有喜怒哀乐，我们都相似又迥异，对未来有着同样的期盼。多种语言让各国青年有了"心连心"的桥梁，它让我们摘掉了一个个无用的标签，最终让我们拥有一颗更加包容的心。在我看来，这就是通往人类命运共同体的必经之路。

今天，如果有人再让我用几个词概括中国，或者北京，我发现我已经做不到了，因为它已经包含了太多。说到北京，我会想起：CBD巍峨耸立的高楼，地铁站匆匆忙忙的人流，胡同里悠然地摇着扇子的老人，还有在旁玩耍的孩子。我还会想起北海的白塔，西山的落日，校园草坪上载歌载舞的来自五洲四海的同学……那一张张笑脸，一个个朋友，还有那些熟悉又陌生的风景构成了我对这里的认识。我会向我的国家和全世界讲述这些鲜活的人和事，告诉大家，这就是我所认识的中国。

希望我们世界各国青年可以共同努力，通过沟通、交流、理解、包容，让人类命运共同体从理想变成现实，让世界的未来变得更加美好！谢谢！

蒙古　保罗

保罗【蒙古】

选 手 介 绍

　　大家好！我是来自蒙古的保罗，现为中国人民大学国际法学博士留学生。我在北京学习已有七年之久，非常热爱北京这座会聚了世界各地青年的城市。我爱北京的美食，也爱北京的四季。课余时间，我非常热衷于组织各类社会活动，已连续多年效力于蒙古国境外非政府机构协会总会、蒙古国海外毕业生总协会、蒙古国在华留学生协会、蒙古国留华毕业生协会等社会组织。我希望自己未来能成为一名优秀的外交官，为中蒙两国友好关系发展贡献自己微薄的力量。

墨西哥姑娘的中国情缘

大家好！我叫 Arizbeth，中文名字是贝爱理，来自一个热情洋溢的国家。

在那里，人们吃着最辣的食物，喝着最烈的酒，说着西班牙语；在那里，人们唱着动听的歌，跳着欢快的舞蹈，骑着高大的马；那里充满着勃勃的生命力，有繁华的城市，茂密的森林，还有古老的金字塔；那里就是墨西哥——我的国家，我爱我的祖国，我爱那里的一切。

可是，在我18岁的时候，在看了一部功夫片，我很喜欢，于是我就开始学习武艺，后来我找到了一位最好的老师。他是墨西哥人，他教我武术，而且他用中医——针灸，治好了我父亲的病，我很感激他。我觉得他就是我的"良师益友"。他让我感受到了另一种文化，并在我的心中播下了一个梦想——我想去中国看看。

大学毕业后，我还是对中国念念不忘，然后我就变成了一个疯狂的人，穿越了太平洋来到了另一个世界。你们知道这是为什么吗？因为这里是那么的不同。

在这里，人们说着完全不同的语言，写着奇奇怪怪的汉字；在这里，人们吃着各种各样的美食，放着五颜六色的烟火，舞着威武的狮子，这里就是中国！

正如我们所看到的，中国是一个文化、经济、政治大国。近年来的飞速发展，引起了世界瞩目。中国被我们称为"亚洲巨人"。

在中国，人们常说"为中华民族的伟大复兴而奋斗"，我被他们浓烈的爱国情怀而感动。

在中国，人们都能受到良好的教育，我感到很吃惊。

我觉得中国发展得很好。我有时候会想，在如今竞争激烈的世界中，墨西哥在哪里？世界上其他国家在哪里？我们今天站在哪里？梦想在哪里？我想，在未来，一个国家想要走向世界，教育必将发挥着极为重要的作用。正如改变中国历史和命运的毛泽东主席曾说过的那样——教育是改变贫穷最有力的武器！

我希望，我亲爱的祖国墨西哥将认识到，教育是个人、国家、世界发展的重要途径。

我希望，墨西哥能够向中国学习，更加重视教育，因为教育是任何成功社会和高质量生活的基础。

我希望，有一天，墨西哥每个孩子不仅有机会上学，而且能够像中国孩子一样学习艺术、语言和体育等课程。

我希望，在未来世界中，全世界的人们都能够幸福而快乐的生活。对！是生活，而不仅仅是生存。我想，我们在座的每一位都希望：

在未来，全世界的孩子都有学可上；

在未来，全世界365天都不会有雾霾；

在未来，全世界的人们都不再受到恐怖主义的危害。

今天下午，我很高兴能在这里和大家分享我的想法。我想：我们每一个国家，每一个人，都应该为更加美好的世界而贡献自己的力量。

朋友们，让我们为这样美好的未来而共同奋斗，让我们一起加油吧！

墨西哥　贝爱理

贝爱理【墨西哥】　　选手介绍

　　我叫贝爱理,来自墨西哥,我爱墨西哥,也爱中国。在中国的这段时间,我深深热爱上中国这片土地。

　　我深切感受到中国文化的博大精深,汉语语言文字更是源远流长。在不断学习的过程中,我感受到中国与墨西哥的相似之处:这两个国家都有着蓬勃的生机,旺盛的生命力,和光明的未来。我希望自己未来可以成为两国文化交流的使者。

我来到了"龙的故乡"

大家好,我是来自西非贝宁的莱昂!

我和中国,有一个不得不说的故事!

当我很小的时候,家里很流行放中国录像电影,尤其是中国功夫电影。虽然当时的我一句中文也听不懂,也不太明白里面的情节,但是看了那些电影之后,我知道了中国有"两条龙"——李小龙和成龙,他们的功夫都十分了得。从那时起,我就开始向往那个不知在什么地方,也不知长什么样子的国家了!于是,我心里有了一个梦 要是哪 天,我能去中国该多好呀!

2014年,我从家乡来到科托努(贝宁经济首都)看一场球赛,第一次见到了一个漂亮的、气派的足球场,它叫友谊体育场,球场里面有漂亮的看台,豪华的灯光,绿绿的草坪。于是我好奇地问,这个球场是什么时候修的?是谁修的?坐在我旁边的朋友给我介绍说:

"这是中国人给我们修的,而且是三十多年前为我们修的,为了保护好这个体育场,现在一直都还有中国人专门住在这里维护!"听到这里,我的心里顿时对中国肃然起敬!原来,中国人除了会功夫,他们还对我们这么好啊!我一定要去了解这个神秘的国家。那一天,我永远忘不了,那是我学会"友谊"这两个字的一天。

于是我开始学习汉语。自从我学习汉语以来,中国老师们一直不离不弃地陪着我,使我进步,伴我成长!每当周末或休息的时候,他们都会牺牲自己的时间,教我汉语,教我诗歌:"鹅鹅鹅,曲项向天歌,白毛浮绿水,红掌拨清波。"他们教我打快板,教我唱中国歌曲,教我吹葫芦丝,教我太极拳。正是有了他们的教导,我才练就了一身才艺。

我曾经获得过2015年贝宁中国文化中心作文大赛一等奖;2015年贝宁汉语桥世界大学生中文比赛一等奖;2015年贝宁汉语桥中非友谊知识竞赛冠军,并代表贝宁来到北京语言大学参赛获得首轮比赛非洲选手第五名的成绩;2017年汉语桥世界大学生中文比赛贝宁赛区的冠军,并代表贝宁来到中国湖南长沙参赛获得非洲选手第二名;2017年北京语言大学孔子学院奖学金生作文大赛第三名;2018年汉语桥配音大赛优秀奖。我经常参加校内外的各种活动,我在北京语言大学和中国国际广播电台经常主持节目。这些都是因为我明白友谊是什么——友谊对人类命运的共同关怀!

因为人类命运共同体,全世界变得更好!

因为人类命运共同体,全世界变成一个小小的地球村!

因为人类命运共同体,非洲开始发展起来!

因为人类命运共同体,贝宁经济越来越发达!

因为人类命运共同体,"北京语言大学——小联合国"变成我们的家庭!

因为人类命运共同体,我变得一表人才!

因为人类命运共同体,我会说一口流利的汉语,我可以和不同国家的人,不同种族的人拥有共同的语言,互相了解,互相帮助,一起进步!对我来说,人类命运共同体,就是那句歌词:"我和你,心连心!"

"学说中国话,朋友遍天下!"汉语给了我一双翅膀,让我飞到这里,帮我实现梦想;汉语给了我一把钥匙,让我打开了希望之门,梦想之门,给了我更多的机遇,改变了我的人生!

以后会回到我的祖国贝宁,成为一名汉语教师,向我的同胞传授汉语知识和中国文化。我想通过语言这座桥梁,把我感受到的中国之美和中国之魂,分享给我身边的每一个人,让更多的人认识中国,让他们跟我一样热爱中国!我想做中贝两国文化交往的友好使者!因此,祝中国与贝宁友谊地久天长!

贝宁　莱昂

莱昂【贝宁】 选手介绍

　　我是来自西非贝宁的莱昂。我很喜欢冥想,喜欢看中国功夫电影。我目前在北京语言大学读博士,我的专业是汉语国际教育。毕业之后,我将回到祖国贝宁,成为一名优秀的汉语教师和非洲语言学家。我最大的愿望就是能深入研究贝宁某些地区方言的声调,以便帮助贝宁的汉语学习者更好地掌握汉语。

我的"中国结"

要说我与中国的故事,五分钟肯定是说不清,道不完的。我觉得,我和中国的关系就像线和线互相缠绕的中国结,谁知道这是缘分还是宿命呢?我从未想到长大后我的梦想是要努力学好中文,去中国一趟。这个梦想对当时的我来说,有些遥不可及。中国,在埃及人心目中是一个遥远的国度,是个全然不同的充满神秘的国家,要跨过几个大洋才能抵达的远方啊。不曾想过有那么一天,我会被中国深深地吸引住了。

作为中国娱乐的忠实粉丝,我也有自己中国idol(偶像)。这些idol不仅拥有痴迷的中国粉丝,也有同样痴迷的外国粉丝,比如来自远方的我。我独自漂洋过海,来到北京国家体育场(俗称"鸟巢"),就是为了观看idol华晨宇的演唱会。那个晚上,我尖叫,狂舞,为华华疯狂。我也是因为那次演唱会,爱上了北京的夜色。我决定留在北京,在一个离华华比较近的地方学习,然后深入地了解中国。

走遍中国,我发现了悠久历史与现代科技的交锋。中国的每个城市有自己独特的风格,比如古都西安、见不到太阳的雾都重庆、可爱熊猫的"摇篮"成都等等,这些地方都充满了中国多彩的民族特色。我从未想过我能有机会亲身在中国"闹腾"一番,当我近距离地体验中国文化,揭开它神秘的面纱,才发现它是如此美丽动人。如果没有中埃两国的日益密切的交流,我不可能有此机会获得奖学金,然后在中国读研究生。如果没有中埃两国政府鼓励青年人进行文化交流,我也无法领略中国的美。所以,我是多么的幸运!

我与中国的故事就像是浩瀚星空里的一颗小星星。《礼记·礼运》中曾记载过孔子关于"天下大同"的论述。我想这是对当今世界人类命运共同体最好的诠释,那就是"选贤与能,讲信修睦。故人不独亲其亲,不独子其子……是故谋闭而不兴,盗窃乱贼而不作,故外户而不闭,是谓大同"。

无论我身处何方,我都有义务把在中国所见所闻和所感分享给我的家人,朋友甚至未来的学生。我希望不仅我能有机会领略中国之美,你或者他,无论你们来自哪里,都可以和我一样幸运地近距离地看看中国。虽然真正的大同社会尚未实现,但"路漫漫其修远兮,吾将上下而求索"!

埃及　林若灵

林若灵【埃及】

选手介绍

　　我叫林若灵，来自埃及。我到中国已经一年了，我热爱中国音乐，喜欢中国风，正在学习学笛子。我喜欢听音乐，看电视剧，喜欢去旅游．我也喜欢冒险和挑战，于是就选了世界上最难学的语言之一，中文。

　　四处旅行时会遇到美好的风景和内心善良的人们。有时我们会想拿出手机和他们合个影，但转念一想，人的眼睛才是最美好、最清晰的照相机。这些瞬间会一直留在我的心底。

成为扎根于中国的大树

大家好！我是来自西班牙的刘大树。您可别误会，千万别叫我大叔，我是希望在中国长成一棵参天大树的刘大树。

我现在是北京语言大学汉语学院大四的学生。我在中国已经待了四年了，虽然我有一张老外的脸，但是我却有一颗深爱中国的心。我特别喜欢中国，喜欢中国文化、中国艺术、中国历史、中国菜，更喜欢热情的中国人。

我第一次来中国的时候，由于经验不足，我遇到了许多问题。我的信用卡无法使用，我三个月瘦了10公斤；我的脚感染了，因为汉语不好，不敢去医院。虽然刚开始我在中国的生活不太顺利，但是我坚持在大学里努力地学习汉语，因为汉语是我喜欢的语言。每次在街上看到不认识的汉字，我都用字典查它怎么读，它是什么意思，我也喜欢和中国人交流，这是学习汉语非常棒的方法。

我在北京已经生活了四年,北京变成了我的家,成为我的第二故乡。北京有辛勤培养我的老师,有来自世界各地的同学,还有热情的中国朋友。我喜欢去鼓楼大街、南锣鼓巷、天安门和前门,最喜欢的地方是王府井,直到今天,王府井在我看来还是一个美丽的地方。我真的很喜欢中国菜,最爱吃的是麻辣烫。

北京给了我无数个惊喜,我学会了许多以前没有学到的知识,我与朋友们结下了深厚的友谊,我收获了一份美好的爱情,我还经历了很多人生的第一次……

在北京,我第一次走进了录音棚录制了中文歌曲,第一次走上了中央电视台的舞台演唱了中文歌曲。今年的端午节,我幸运地参加了中央电视台端午特别节目《最潮是端午》晚会的录制,与李谷一老师还有另外两名北语留学生共同演唱了歌曲《龙文》。当时,我们用了很短的时间学习这首歌,现在我还能随口就唱出来。我特别喜欢这几句歌词"宫商角徵羽,琴棋书画唱,孔雀东南飞,织女会牛郎,深爱这土地,丝路到敦煌,先人是炎黄,子孙血一样"。它展现了中华文化的丰富多彩,比如音乐、书画、诗词等等;它也让我了解了更多关于中国"丝绸之路"的故事。

中国古代"丝绸之路"分为陆上丝绸之路和海上丝绸之路。西班牙曾经是海上丝绸之路的终点。15世纪之前，中国和西班牙就开展了贸易和人员交往。如今，从中国义乌到西班牙马德里的火车，每天将西班牙的红酒、厨具和汽车零件以及中国的日用百货、服装和电脑等，源源不断地运送到双方市场。它被比喻为"一带一路"上的"钢铁驼队"。

我喜欢的一句中国古语是"单丝不成线，独木不成林。"它的意思是一根丝成不了线，一棵树也成不了森林。也就是说一个人的力量是很小的，很难把事情办成。"人类命运共同体"就是希望所有国家能够互相帮助，互相合作，大家一起克服困难和挑战，一起走向美好的未来。

最后，我想说的是，我愿意留在中国一辈子，因为我爱中国。我希望成为一棵深深扎根于中国大地的大树，在中国好好学习汉语和中国文化。我想让更多的西班牙人认识中国，了解中国文化，也让更多的中国人了解西班牙文化。"四海之内皆兄弟"我也希望世界各国人民能够成为朋友，和睦相处。

西班牙　刘大树

刘大树【西班牙】   选手介绍

我是来自西班牙的刘大树，目前是北京语言大学汉语学院的大四学生。我在中国已经待了5年了，在北京有辛勤培养我的老师，有来自世界各地的同学，还有热情的中国朋友。我特别喜欢中国文化、中国历史、中国菜。我喜欢去鼓楼大街、南锣鼓巷、天安门和前门，最喜欢的地方是王府井。我超级喜欢中国菜，最爱吃的是回锅肉，饺子和火锅，而吃火锅时，我一定要点我最爱吃的脑花。

北京已经成为我的第二故乡，她给了我许多个惊喜。我学习到了许多以前没有学到的知识，我与朋友们结下了深厚的友谊，还收获了一份美好的爱情。我想一辈子留在中国，希望成为一棵深深扎根于中国大地的大树。

以史为鉴,读古知今

说起土耳其和中国,人们首先想到的一定是烤肉和长城。人们关注最多的往往是两个文明古国好吃和好玩的地方。很多人对中国和土耳其的理解还不够或存在着很多偏见和距离,当然也包括我在内。因为除了学校里的历史课和古装电视剧之外,我们对中国的上下五千年一无所知。长期受到他人所讲,以及某些媒体报道的影响,我以前也对中国有些误解。实际中的中国真的如我所想的那样吗?

说起我跟中国的缘分,要回到我初中和高中时学过的世界文明课程,那时候第一次接触到古老而悠久的中华文化,更准确的说是孔子和老子以及其思想。我们有古圣人曰:"智慧像是人们已丢失的物品一样,在哪里见之则捡之。"(此句话的意思,智慧不分哪个国家,哪个民族、信仰等,都是人类的共同财产)另外加上我父母从小教育我的,即:"人类本是一家,世界因不同而丰富"等思想,让我对智慧产生了巨大的敬意和好奇。从此我开始进一步地接触中国思想之大智慧,孔子和老子等人的思想,也是一直向往到那块土地上去接触真实的他们以及更多的智慧。因此高中毕业之后,我有机会能够来中国学习中文,这样我可以慢慢读原文经典,研究和挖掘其智慧之根本和真实的面目。

英国著名的历史学家汤因比先生曾说过:"19世纪是英国人的世纪,20世纪是美国人的世纪,21世纪是中国人的世纪。"我觉得这句话他说得没错!中国从一个"百废待兴"的国家(此与土国相似)到一个世界第二大经济体仅花了几十年的时间,而且它与其他发达国家不一样的一点,就是它的历史和文化。我们看中国历史就会发现在东亚地区(或说:在汉字文化圈)中国在较长时间内都代表一种高度发达的文明。中国不仅是自己的文化发达,还带领周边的国家让他们提高自己。所以现在中国人所做的努力,其实如同以往一样在担当自己的历史责任,提出"一带一路""人类命运共同体"等说法。这对中国而言,并不是一个新的做法,相反它是一种中国传统思想的体现与延续。

我想用法国文人拉封丹的一个寓言故事来讲人类命

运共同体的重要性,故事大概是这样子:"熊和狮子为一只羚羊而斗来斗去,旁边还有一只狐狸一直看它们俩的争斗。熊和狮子打来打去,累得不堪一击,抬不了头的时候,狐狸很轻松地来到它们面前把羚羊叼走并独自享用了。"虽然这故事很短,但其告诉我们本来就是可以分享而共赢,但一直斗来斗去的话,会让旁观者得手,而最终双方都吃亏的。

当然很多不了解中国历史的外国朋友会认为中国提出"一带一路""人类命运共同体"等等难以理解,但他们如果了解中国人,中国古代思想和中国历史的话,他们会发现事实与他们所想的完全不一样,甚至会改变自己的想法。

我们来看看中国思想,当然说起中国思想的话,可以说是儒释道为代表,尤其是儒家思想。那么儒家提出的是"以和为贵"和"仁者爱人"等仁爱精神,具有普遍之价值和意义。现在很多人听到"爱"的时候,都想起"男女之间的有吸引力的,因荷尔蒙而产生的世俗之爱",其实爱是给万物活力的一个灵药,人因有爱而会活得有意义,以爱作为自己快乐之来源,亦以爱使周围的人幸福快乐。以人为字母而撰写的词典里,爱是我们的生命,更是让我们互相的了解的,互相感受活着的意义的良药。使四面八方来的属于不同文化,不同地区的人团结,使我们彼此相爱的最强最扎实的力量。其实这个世界像一个废墟(更是精神方面),只有爱的力量会让它复活和变得新鲜。

中国文化极其强调和重视"和"这个字。《论语》当中我们都可以看出这些。如:"君子和而不同""以和为贵""万物并育而不相害,道并行而不相悖"等等。其实这是说我们可以不一样,但不能互相残杀,打仗或侵犯。就是在强调我们因为不同而丰富,不必要党同伐异。

另外,支持我说的这些话之根据,即是:"己所不欲勿施于人""民吾同胞,物吾与也"等。中国人有史以来不仅把人类看作一家人,还把万物当作自己的同胞般重要。这也足够证明中国人民提出的人类命运共同体是中国人民自己希望和平和谐,也同时希望帮助其他国家为此努力。为世界和平与和谐进步而做出贡献。

我们人类不再需要消极和悲观,消极悲观的态度糟蹋一切美好的事情。所以这时候我想起来了土耳其一个哲学家的一句名言:"以积极乐观看待一切,就会看到一切的美好一面,看到一切美好的一面乃能会发现一切的积极乐观及美好的一面,发现一切美好的一面乃能享受一切。"。态度和探索决定一切是否美好。所以在我们这个时代"人类命运共同体"等倡议给人类带来这种希望,其重要性不是用几句话就能够表达出来的倡议。人类的命运紧连在一起,而我们尚不知。希望中国提出的以中国文化为根本,以仁爱来作为动力的'以人为本'的这倡议引起更大的人的关注和参与。

  最后我想跟大家分享我改的一句话,孙子·兵法里讲:"知己知彼,百战不殆",我把它改成:"知己知彼,交流无碍",我希望我们每位学习中国语言文化的外国朋友能够把中外交流的事情当作自己的一个责任,担当起它而做一个中国和世界之间民间的桥梁,这样呢,我们的世界就有希望解决目前所面临的那些问题。

土耳其　王成明

王成明【土耳其】

选手介绍

我是来自土耳其的 Cumen Niyazi,中文名字是王成明。我本科毕业于西安交通大学汉语言专业,并获得孔子学院奖学金,赴陕西师范大学国际汉学院学习,获得汉语国际教育硕士学位。从2018年9月开始,在北京大学攻读博士学位,研究方向是中国哲学。我热爱中国传统文化,从2015年开始研读中国古代典籍,并致力于研究《四书》,希望将来可以将其翻译成土耳其语。

我曾多次在中国参加各种征文比赛、知识竞赛,并取得优异成绩。此外,我热衷于参加各种志愿服务活动,注重课外实践,曾多次在"青年汉学家研究计划""世界华语教学研究生论坛"等活动中担任留学生志愿者。

时空交错就是整个世界

大家好！我叫马高帅，来自俄罗斯。我的演讲题目是《时空交错就是整个世界》。

没有人是一座孤岛。人类社会是一个"你中有我、我中有你"的"命运共同体"，已经成为共识。所以我们相识，我们了解，我们合作，我们共同守护。

我和中国的相识

1999年2月8日，我的父亲来到了中国北京。从那时起，我就对中国产生了兴趣。现在，我来到中国留学。我在北京已经待了三个多月了，去了很多父亲给我讲过的地方，吃了很多爸爸吃过的东西。但是现在的北京发生了很大的变化。

了解现在的中国

1999年的时候，我爸爸只要花20块钱就能吃饱，现在我花20块也能吃饱,但是比起以前,菜就没有那么多了。我和父亲在第一次点菜的时候都发生了同样搞笑的事情。因为我们点菜的时候,没有说要"不辣"。所以我们吃了几口以后,我们的嘴里就着火了,辣得眼泪直流。

北京的交通和以前相比很不一样。以前北京没有那么多车,现在的北京车很多,路上太堵了,需要花很多时间。不过,现在有一个很方便的交通工具,那就是共享单车。共享单车不仅不贵,还很方便,随走随停。有一天早上三点,我就骑共享单车去天安门看了升旗。

在1999年的时候,我第一次看到中国的钱,我印象最深的就是百元的纸币。爸爸告诉我,在中国,红色是一个很好的颜色,代表着吉祥幸福。

以前中国人都是用现金买东西,但是现在大部分人都用手机买东西,只要用手机扫一个小小的二维码,钱"嗖"地一下就付过去了,真的很神奇,也特别方便。有一种"二维码"闯中国的感觉。

来到中国,我看到了改革开放极大地改变了中国的面貌、中华民族的面貌、中国人民的面貌,现在的中国正以崭新姿态屹立在世界的东方!

我们共同发展

中国强大了,但是中国并没有只想着自己发展。中国推进和其他国家的合作,"一带一路"就是很好的例子,让世界上其他国家能和中国"美美与共"。各个民族、各个国家互相包容、互相学习,互相促进发展,展现出一个和平、合作、多彩的世界。这样的世界,正在培养着我们,培养着以后一代一代的人,这样我们就可以建立一个美好的世界。

我们一起守护

为了守护我们的"命运共同体",我也做出了很多努力,在北语这个"小联合国",我邀请了我的朋友们一起守护我们的"命运共同体"。

我们的"命运共同体",就是你中有我,我中有你,我们一起合作,一起进步,让我们的世界变得更加美好。

谢谢大家!

俄罗斯　马高帅

马高帅【俄罗斯】 选手介绍

大家好！因为长得又高又帅，所以我的中文名字叫马高帅，我来自俄罗斯。我在俄罗斯大学学习了三年多的中文，学习中文不仅是我的专业，更成了我的爱好。我每天都会和中国朋友一起学习汉语。有空的时候，我喜欢看中国电影，练习弹吉他。

我曾经在北京生活过四个月，回家后我做了一个重要决定：我要去北京！我要去北京语言大学攻读汉语国际教育研究生，更深入地了解中国文化。

北京，我一定会回来的！

共同实现良好教育，携手打造美好未来

尊敬的各位评委老师、亲爱的同学们：下午好！

我叫茂野瑠美，来自日本东京。很荣幸有机会与大家分享我对于"人类命运共同体"这一话题的一些思考。

我是从高中学习汉语之后开始关注"国际化及全球化"这一议题的。今天，作为一名汉语国际教育专业的留学生，我将围绕着"教育"这一主题来分享我对"人类命运共同体"的理解与看法。

2012年11月中国共产党在十八大会议上提出了关于人类社会的新理念，即倡导"人类命运共同体"这一理念。随着经济的发展与社会的国际化，人类所面对的问题日益复杂，新的挑战也层出不穷，许多问题已经不是某个国家能够独立解决的，需要各国协作，共同处理问题，共同面对挑战。

从"教育"的角度看,"人类命运共同体"的提出,增加了人们接受教育的机会,而教育的普及和素养的提升又促使人们意识到所面临的各种社会问题,从而想办法加以解决。

为了实现"人类命运共同体"这一理念,中国政府推出了"一带一路"倡议,它带动孔子学院和线上教育的发展,使汉语教育更加普及化。孔子学院是推广汉语和传播中国文化的机构,截至2018年,共给163个国家的45,000余名学生发放了奖学金。目前,全球共有548所孔子学院,为世界各地的学习者提供了学习汉语的机会。同时,中国的各个大学与孔子学院在慕课平台上制作了大量的免费课程,为缺乏学习资源的孩子和青少年提供了学习汉语的机会。我们班大部分的同学以及在经济方面存在困难的留学生,如果没有孔子学院和中国政府的帮助,很有可能无法来到中国学习汉语,更不可能顺利攻读学位。而我也是受益者之一,虽然我的家庭经济条件不太好,但通过各种奖学金,我顺利地完成了本科和硕士的学习,并借助慕课平台,在课堂之外,进一步提高了汉语水平,巩固了专业知识。从某种程度上说,是"人类命运共同体"的理念守护了我的梦想和未来,让我走到了今天。

除此之外,我也是在接受了大学教育之后,才逐渐重视流行疾病、环境污染等各种问题。有一次,在课堂上讨论到相关问题时,同学们都各执己见,争论不休,最后竟开始互相批评各国缺乏相关的政策和意识,甚至有同学强迫其他同学接受自己的意见。这时一位韩国同学说道:"我们一起解决这些问题不就好了吗?"此言一出,让大家沉思良久。

虽然我们一直有全球共同面对问题、互相帮助的意识,但一直没有制定明确的政策。而"人类命运共同体"的理念让我们重新认识到单一国家独立解决全球性问题的限度和难度以及建立全球发展伙伴的必要性。

教育的提升让人们意识到世界面临的问题,而这种意识促使世界各国在政治、经济、教育等方面的合作。目前在经济方面的合作成果比较突出,而在教育方面,"一带一路"的合作倡议不仅推进了各国之间的文化交流,而且还为很多发展中国家的贫困学生提供了出国深造、开阔视野的机会。孩子是未来的希望,教育是社会发展的基础,如果世界各国能够共同合作以培养优秀的人才,那么我们就将拥有一个更加美好的未来。我的本科同学部分在大使馆从事与外交相关的工作,解决国家之间发生的一些小摩擦;还有部分同学在学校从事行政工作，帮助赴日和来华的留学生处理各种手续，他们都已经成为了中日两国友好交往的桥梁。

"人类命运共同体"的理念为人们提供了接受教育的机会，而教育让我们意识到各种社会问题，进而促使我们思考如何去解决我们所面临的困境。我希望我们能在"人类命运共同体"理念的引领下，携手共建和谐社会，走向美好的未来。

日本　茂野瑠美

茂野瑠美【日本】

选手介绍

我叫茂野　美，来自日本东京，现在在日本做汉语老师。我曾多次参加与汉语相关的活动，获得过"第二届汉教英雄会"外研组亚军。我曾作为志愿者参加国际交流相关活动，并多次作为翻译和负责人参与汉语研修项目。

在学习汉语和参与各种活动的过程中，我深深喜欢上了中国，喜欢上了汉语。我希望自己成为一名中国文化的传播者。作为一名汉语教师，我会努力普及汉语，为中日文化的友好交流奉献出自己的一份力量。

"巴铁"在中国

亲爱的老师、同学们:

大家好!

我是来自巴基斯坦的留学生穆志诚。来中国留学三年多了,不论是认识还是不认识我的中国人,知道我来自巴基斯坦后,都会亲切地叫我一声"巴铁"。为什么我能来到中国学习和了解中国文化呢?高中的时候,我就有了出国留学的打算,那时我的理想专业还是医学,因为中巴的友好关系,中国成为了我最想了解和最向往的国家。为了打好基础,我在巴基斯坦的时候就开始学习汉语,没想到,与汉语的结缘,我这个巴基斯坦的普通学生的命运发生了巨大的转变。而这都是受益于尊敬的中国国家主席习近平所提出的创建"人类命运共同体"这一伟大的课题。而作为巴基斯坦的普通学生,"中巴命运共同体"这一伟大的策略给我带来巨大的帮助,我相信这不仅对我有着深远的意义,更是对中巴人民乃至世界人民都有着深远的意义。

尊敬的中国国家主席习近平曾说:"文明因交流而多彩,文明因互鉴而丰富。"这句话体现了文明交流互鉴的深远意义。来到中国后,当我穿梭于一个个生动形象的汉字中时,学习婉转动人的音调时,我深深地被中国丰富多彩的语言折服,除此之外,我和我的中国朋友们一起走遍了大半个中国。"不到长城非好汉",我在长城之巅感受到了伟大的中华民族精神;"金碧辉煌紫禁城,红墙宫里万重门",我在故宫了解到了深厚的中国历史传统文化;在孔子故居,我体会了儒家文化的礼乐教化之魅力。正如巴基斯坦学者贾伟德所说:"中国有着悠久的历史和深厚的文化,在诸多优秀的文化特质中,中国传统文化所倡导的以人为本、以和为贵正是当前全球发展所亟须的,也符合人类共同发展的时代潮流。构建人类命运共同体理念体现的是中国哲学'天下大同'的思想。"旅程中,我被中国悠久厚重的文化一次又一次的打动,我很欣喜自己对中国有了更深的认识和理解。

回顾历史,我们都知道,中国和巴基斯坦是同甘共苦的盟友,巴基斯坦是最早和中国建交的国家之一,曾经为中国提供与世界联系的空中走廊,支持中国恢复联合国合法席位。在汶川发生大地震时,巴基斯坦是第一个送来国际救援的国家,也是搬空国内的战备帐篷且不要一分钱的好兄弟。与此同时,中国也在经济发展、文化交流上给予了巴基斯坦太多的帮助。

历史是最好的见证者,直至今天,中国和巴基斯坦依然坚持"合作共赢、共同发展"的友好关系。中巴两国正在稳步推进中巴经济走廊建设,致力于打造中巴命运共同体。瓜达尔港、能源、基础设施建设、产业合作这四大重点项目都在如火如荼地在我的祖国展开。我的家乡,也真真切切地感受到了这种经济互通带来的好处:我们的 4G 网络在中国移动高科技的帮助下变得快速便捷,日常出行多了许多方便通畅的公路和铁路,中国制造的商品在那里广受欢迎,而我的哥哥也因为参与负责中巴合作的基础设施建设项目,收获了更好的工作和报酬,他为自己的工作感到骄傲和自豪,人生有了新的希望。

我在中国学习和生活了三年多,认识了很多中国朋友,他们的好客让我感受到了家一般的温暖。在这里,老师们亲切耐心,在生活和学习上给了我最大的关怀;在这里,同学们热情可爱,总是在我孤独和无助的时候给予我帮助，带给我快乐；在这里，陌生人也会对你善意微笑，让在异国他乡的我不再寸步难行。一张张笑脸和一句句热心的话组成了我的留学生活。我和同学们相互了解、相互学习，"你中有我，我中有你"，让我的留学生活多姿多彩。

这样宝贵的留学经历不断地提醒我，我们所有的人类，都是一个休戚与共的命运共同体：我们都热爱和平，向往安宁，"四海之内皆兄弟"；我们合作共赢，共同发展，在经贸往来中一起创造更美好的生活；我们相互尊重，开放学习，不论什么民族和宗教，我们都能在沟通中架起理解的桥梁。这是中国提供给世界的思考，也是我们所有作为文化交流使者的青年都应该拥有的担当。

我的演讲到此结束，谢谢大家！

巴基斯坦　穆志诚

穆志诚【巴基斯坦】　　选手介绍

  我是一名来自巴基斯坦的大四留学生，中文名字叫穆志成（HAIDER MUHAMMAD SALMAN），这个名字是一位汉语老师给我起的，它的意思是"有志者事竟成"，我觉得这是一个非常有中国意义的名字。我学的专业是汉语国际教育，我的爱好是看书、了解中国文化和旅游。

  我在中国生活四年了，这四年来我了解了很多中国博大精深的文化、悠久的历史和亲自体验了中国茶文化交流。我已经离不开中国了。我爱中国，中国是我第二个故乡。

世界很大,世界很小

我说这个世界很大!您信吗?

2013年一位去越南打工的中国朋友让我第一次接触到了汉语。幸运的我获得了"孔子学院新汉学计划奖学金"来到了中国。中国啊,她给我打开了一扇看世界的窗户,让我知道这个世界究竟有多大。

说了希望各位也别见笑,在北语校园里认识世界各国的朋友,我经常问他们的是:"你来自哪个国家?"尴尬的是,当他说出自己国家的名字时,我却是头一回听说。

每年北语举办文化节时,我都会从头到尾走上一圈。我不是要品尝各国美食,也不是要盖章领娃娃,我就想看看世界究竟有多大。中国人不常说"世界那么大,我要去看看"嘛,我也要去看看。

还记得硕士那几年我在吉林大学,当时有个阿根廷的朋友,我问他你回国要飞几个小时,他答道:"35个小时。"我当时真以为他是在跟我开玩笑。不过如果现场有阿根廷的朋友,我相信可以给他的话作证。这个世界真的太大了!

不过我又说,在我心中这个世界很小!您相信吗?

一个秋天的午后,走在北语校园里我竟然碰见了我越南母校的老师和同学。那种感觉呀,只能说是无比的开心,我们紧紧地拥抱在一起。真是"老乡见老乡,两眼泪汪汪"呀!

还是在校园里,有一天我碰上了位美丽的乌克兰姑娘,就是我现在的爱人。

乌克兰离这儿有多远?直线距离8890公里,乘飞机都得飞10多个小时。借用我导师的一句话说,我俩的结合就是一个融合的典范,从语言不通、文化不同、肤色不同、思维不同等等多少个不同,在"一带一路"的倡议下,我们在中国融合在一起,把我的亲情、友情和爱情也融合在一起。世界竟然如此之小!

"一带一路"不正是这样吗?它能让世界变得很大,因为它能给我们每个人带来一个世界的舞台;它也能让世界变得很小,因为它是连接世界的一座桥梁。

我相信21世纪属于中国,属于全世界。

越南　阮国偲

阮国偲【越南】　　　选手介绍

　　大家好,我叫阮国偲,来自越南,今年28岁。我在2014年获得了孔子学院奖学金,来到中国学习汉语。四年后的我跟以前简直是天壤之别,我的生活发生了巨大的变化。

　　我掌握了汉语,适应了中国的生活,也开启了人生新的篇章。人们常说"一箭双雕",而我则是"一箭三雕"。在中国读书的经历让我拥有了文凭,收获了美好的爱情,还得到了一个天使宝宝。我太太是乌克兰人,我们都说汉语,都热爱中国文化,都把中国当成自己的家。

站在留学生视角看
人类命运共同体

尊敬的各位评委老师、亲爱的同学们:

大家下午好!我是来自尼泊尔的苏米塔,今天我演讲的题目是:站在留学生视角看人类命运共同体。

人类命运共同体,对于一个外国留学生来说,是一个很大、很抽象的词汇。我如果不是幸运地获得汉办南亚师资项目奖学金的资助,来中国生活学习四年,也不可能站在这里,谈论对习主席提出的构建人类命运共同体的亲身体会。

2015年4月25日是我最不愿回忆的一天。那天尼泊尔发生了强烈的地震,损毁了不少名胜古迹和建筑,也带走了很多人的生命。中国国际救援队成为第一支抵达尼泊尔,并获得联合国认可的重型国际救援队。他们在尼泊尔首都加德满都坍塌的楼房中拯救幸存者。灾难面前,中国在第一时间向尼泊尔伸出了援手,让尼泊尔人民十分感动。中国急他人所急，患他人所患，我们尼泊尔人民永远不会忘记中国政府给我们提供的帮助。我认为这就是对人类命运共同体的最好的诠释。这件事使我更加热爱中国，我决心学好汉语，为尼中友谊贡献自己的力量。

2015年9月22日，我离开家乡飞到了北京，来到了向往已久的北京语言大学，开始了我的留学生活。虽然这之前，我在加德满都大学孔子学院学过一年汉语，但是我还是觉得汉语太难了。我先是在北语预科学院学习了一年，然后又到人文社科学部的汉教学院学习，我对汉语的兴趣越来越浓厚，我的汉语水平也有了突飞猛进地提高，这得益于每一位老师的精心培养，他们的大爱也是人类命运共同体精神的生动体现。在这些老师当中最让我感动的是冯惟钢老师。

冯老师是我们的班主任，他对我们既严厉又亲切，他帅气的面容，纯正的普通话一下子就征服了我的心。为了把我们培养成优秀的本土汉语教师，他每周要上二三十节课，因为过于劳累，终于病倒了。冯老师几天之内失血一千多毫升，禁食禁水六天多，即使病成这样，他还是惦记着我们的学业，在病床上批阅了我们的考试卷。出院第二天冯老师就来到教室给我们上课，身体虚弱的他不得不扶着讲台站着讲课，生怕影响教学效果而不愿坐下。看着冯老师苍白面庞上的笑容同学们都非常感动，有这样的好老师，我们怎么能不努力学好汉语呢？

作为在中国学习汉语的学生，我也是人类命运共同体的一部分。以前我以为人类命运体是国家和政府之间的事情，是离我们比较遥远的。但当我在北语这个小联合国生活的时候，我发现其实它离我们很近。在这里如果有一个亚洲人要跌倒的时候有欧洲朋友扶着他，如果有非洲朋友生病时有美洲朋友陪着他。虽然不是来自同一个国家，但跟他们一起的时候感受到了家的温暖；虽然我们的想法不同，但我们求同存异，相互之间分享自己的文化和思想。

有人曾说过这样一句话："如果你想走得快些，那就一个人走吧；如果你想走得远些，那请结伴同行。"为了让我们共同的家——地球村更美丽、更和平、更安宁、更美好，我愿与中国携手同行，一起推动人类命运共同体的构建，共同发展。为了实现这美好的目标，我希望我们所有人都可以献出一己之力，从一点一滴做起，从我做起，从现在做起。

因为，我们是一家人！

谢谢大家！

尼泊尔　苏米塔

苏米塔【尼泊尔】　　选手介绍

我是来自尼泊尔的苏米塔（Paudel Susmita）。我现在是汉语国际教育本科四年级的学生。我很喜欢读书和旅行。去那些从未去过的地方，了解当地的风土人情是我最大的爱好。对汉语的热爱和对中国文化的兴趣把我带到了中国，在中国生活的四年我去过中国的很多城市，体验过不少事情。

我从中国博大精深的文化、高科技的发展和热情好客的中国人那里学会了不少东西。我很希望以后能把自己在中国学到的东西带回自己的国家，做尼中两国之间文化交流的桥梁，促进两国友好关系的发展。

飞扬的青春岁月

我的中国故事是什么？我无法详细地为大家讲述每一帧每一秒的中国记忆，因为我在中国度过的美好时光数不胜数。无论是在旅途中认识的朋友、对中国文化日益加深的了解还是学习方面，我在中国经历的一切都是丰富多彩的。我的青春与中国是密不可分的，可以说没有中国，我的人生就不会像今天那么美好，中国着实造就了我。当我想起我在中国度过的一切美好的时光，想起我如此幸运能够有机会长时间生活在中国，我不由得想大喊一声："新中国，你好伟大啊！"

习近平主席指出人类命运息息相关。构建人类命运共同体是作为一项造福全人类的事业，也是世界各国人民的共同使命，我们生活在同一片蓝天下、拥有同一个家园，应该是一家人。我作为家庭的成员，在2013年第一次来中国时，一个人探索西安的奥秘，在西安的古都街头上感受中国悠久璀璨的历史文明。这独自一人的西安之旅,让我变得更加独立自主。

我在上海读书时,有机会认识了几位特别好的朋友,他们来自五湖四海。我们有着相去甚远的文化背景,有着不同的成长环境,不同的语言等等,但是我们却有着共同的理想,因为我们同样热爱中国、热爱汉语、热爱中国文化。正是因为这一点我们相聚在一起,共同学习,这也是对"友谊"最好的定义。我们学会了互相尊重和了解对方的文化,使我们的友谊更加绚烂多彩。

让我记忆犹新的是:有个周末我们一起从上海骑自行车到苏州,一共骑了7个小时,路上我们一边骑车,一边用汉语讲述发生在我们身边的中国故事。这段骑行给我们留下了最珍贵的记忆。倘若没有中国就不会有这份深厚的友谊。

"民心相通"是构建人类命运共同体的组成部分,它促进了各国人民之间的交流。我们几个朋友来自不同的国家在"一带一路"的倡议下扮演着重要的角色。我们这群朋友正是"一带一路""民心相通"的代表。

2018年我获得了中国政府奖学金,目前就读于北京语言大学法语口译硕士专业。收到录取通知书的那一刻,我喜出望外!我的中国梦终于实现了!随着中国蓬勃的发展、人类命运共同体构建、"一带一路"互联互通的建设,培养语言服务人才是至关重要的。作为北语人,我将传承北语精神,致力于搭建中国与法国文化、政治与人文交流的桥梁,全面服务于中法和平与繁荣的未来!

青山依旧在,砥砺踏歌行。

中国改变了我的人生,北语成就了我的梦想。

北语,谢谢你!中国,谢谢你!

法国　孙博

孙博【法国】 选手介绍

我叫孙博，今年23岁，来自法国，现就读于北京语言大学法语口译硕士专业。我对中国文化有着非常浓厚的兴趣，尤其是中国历史和中国上下五千年辉煌灿烂的文明。我希望通过各种方式了解中国。我喜欢了解中国的道教与儒家思想，通常看很多有关的书。我选择的汉语姓"孙"是因为我特别喜欢《西游记》里的"齐天大圣"孙悟空。我最大的爱好是摄影。我把摄影和自己对中国的兴趣结合了起来。业余时间，我通常会到一些非常具有"中国味儿"的地方拍照，把美好的场景拍下来，在网上分享，让海外的朋友了解中国。

从长远来看，我非常希望能长时间留在中国，继续了解中国，传播中华文化，努力促进中国与法国两国之间的友好发展。

超越隔阂　共同发展

尊敬的各位老师们，参赛的同学们：

大家下午好！我叫璐璐，来自匈牙利。今天我想和大家分享一下对"人类命运共同体"的理解。

"人类只有一个地球，各国共处一个世界"。

建立"人类命运共同体"的主张是中国共产党在十八大以后提出的一个新概念，旨在发展新的国际关系结构，提升全球治理模式。这一理念立足于悠久的文化传统和先进的中国思想体系，代表着国际合作和国际秩序的新视角，以及发展、安全和文明方面的新概念。该主张为改善全球治理提供了一个正确的方向。

我来自匈牙利，匈牙利是一个拥有悠久历史和丰富文化遗产的国家，但却是一个小国。我认为"人类命运共同体"是一种具有深远价值的伟大理念，特别是对那些实力并不雄厚的小国而言，更是如此。"人类命运共同体"的基本原则是所有文明都是平等的，人类可以相互学习和相互促进，各个文明之间应该倡导和平与友谊。

2014年我来中国学习，在中国度过了10个月。在中国的留学生活对我产生了深刻的影响，一个全新的世界向我敞开了大门。我学会了独立生活，在中国结交了很多新朋友，更深地了解了中国。2015年的春节是我最特别的经历之一。我的一位中国朋友邀请我到他家乡和他的家人一起过中国新年。我独自一人坐火车去哈尔滨，哈尔滨的火车站是人山人海，到处都充满了节日气氛。中国朋友和他的家人对我非常友好，我们一起在厨房里包饺子。不用说，我包的饺子不是很好看，但是味道好赞。我们还游览了非常热闹的中央大街和索菲亚教堂。这段经历让我想起自己国家的圣诞节，更深刻感受到中国春节特有的文化氛围。

来中国的学习改变了我的命运，我爱上了中国的武术，参加了初级书法课，学习了古筝演奏。不用说，我对古筝一见钟情，中国成了我的第二故乡，我相信如果自己留在中国，将来一定能够促进中匈两国的文化交流。

我目前是国际关系专业的学生。研究方向是"华人在匈牙利"。多年前我曾经在布达佩斯一对中国夫妇经营的语言学校任教，教华人孩子匈牙利语。有趣的是，这个社区几乎成了一个"小中国城"，到处都是中国人经营的商店，销售中国的日常用品。大多数人几乎不会说匈牙利语，几乎从未在街上看到过匈牙利人，到处都是中国孩子跑来跑去。但是最近几年来，生活在匈牙利的华人社区已经发生了彻底改变。华人将这里打造成一个活跃的社区，他们守护传统，保持联系，并定期举办各种欢庆活动。其中一些活动对外开放，他们把中国的文化分享给匈牙利人，许多华人也把孩子送到匈牙利或双语学校学习。

中国作为当今世界上最强大的国家之一，正在寻求共同利益并鼓励平等。中国国家主席习近平明确指出，要"尊重世界文明多样性，以文明交流超越文明隔阂，文明互鉴超越文明冲突，文明共存超越文明优越"。在我看来，这种思想可以推进世界发展，需要各个国家的合作。构建"人类命运共同体"，必须依靠各国人民同心协力、共同奋斗，才能创造出"四海之内皆兄弟"的美好愿景。

感谢大家的聆听！

匈牙利　郝璐璐

郝璐璐 【匈牙利】　　　选手介绍

我目前是清华大学博士一年级的学生，研究方向为华人在匈牙利。

我有一颗热爱运动的心，特别喜欢跑步，最近有点儿热衷于障碍跑比赛。我对中国传统文化有着浓厚的兴趣，是一名古筝演奏爱好者。我愿意成为中匈两国文化交流的一座桥梁。

梦想的种子

大家好！非常感谢给我这一次机会跟你们分享我与中国的故事，我非常荣幸。

我还记得临来中国时感觉很激动，心情也非常愉快。我刚到中国时，感觉一切都很新鲜。我在中国的三个城市居住过，杭州、上海、还有中国的首都北京。曾有中国人问我："你觉得哪个地方给你留下了最深刻的印象？"我想了半天才发现其实这些地方都给我留下了很深刻的印象。他又问我"为什么呢？"我说："你看，第一个城市杭州是中国的最漂亮的城市之一。"说起杭州，你就会想到西湖，那里的景色壮观又奇妙，像天堂里的花园！虽然我刚到杭州有点水土不服，但是这座城市的美丽景色，还有它的干净的市容，让我很快就适应了新的环境，而且给我留下了深刻印象。

"对我来说，生活在上海，真的感觉自己好像身处未来一样。"他大声笑着问我:"为什么呢?"我接着说:"首先,上海有令人惊叹的建筑物,比如东方明珠、上海中心等。在上海我还发现外资企业也挺多,比如苹果公司,上汽大众,上汽通用,还有各种各样的国际名牌在上海都能找到。"上海繁华的商业,还有它的建筑物给我留下了很深刻印象。

然后是首都北京。与其他城市相比,北京更接地气。北京不仅城市发展突飞猛进,一跃成为中国的创新中心,文化中心,每年更会吸引无数的外国人来此学习中国文化。这给我留了很深刻的印象。

正如韩愈的《师说》里所言:"生乎吾前,其闻道也固先乎吾,吾从而师之。"发达国家必然有很多值得我们学习的地方,比如说美国的科技、荷兰的基础设施、日本的环保意识等,但是《师说》亦言,"生乎吾后,其闻道也亦先乎吾,吾从而师之。"新兴国家也有很多值得发达国家学习的地方,比如作为世界最大的发展中国家,中国的微信和支付宝应用非常广泛,中国的网购也非常方便,堪称世界一流。

当然所有的国家都有自身优势和劣势,但是我在中国的经历让我心中有了一颗梦想的种子。那就是希望我们国家的人能团结起来,把我们国家建设的像杭州一样美,像上海一样繁华,像北京一样能吸引更多的外国人来欣赏我们的文化,大家一起为了下一代有更好的未来而努力。

津巴布韦　温朗

温朗【津巴布韦】　　选手介绍

　　我叫温朗，24岁，来自津巴布韦，目前在北京语言大学学习汉语国际关系和政治。对新鲜事物的兴趣是我学习的最大动力和热情。我喜欢健身和旅游，也非常爱自己的家人。

　　我从高中毕业后开始学习汉语。汉语是非常美丽的语言，也是世界上最难学的语言之一。在老师们的帮助下，我克服了最初语言的障碍，目前已经能用汉语和中国朋友沟通。我在中国最美好的记忆是，有位非常慷慨大方的中国朋友为我买了一张返程机票，让我能在中国春节期间去看望家人，这让我深受感动。

　　我知道自己未来的人生还要面对许多挑战，但我相信克服困难、迎接挑战的过程正是成长的过程。

出版后记

习近平总书记指出:"这个世界,各国相互联系、相互依存的程度空前加深,人类生活在同一个地球村里,生活在历史和现实交汇的同一个时空里,越来越成为你中有我、我中有你的命运共同体。"

构建人类命运共同体思想,既立足于新时代中国特色社会主义的发展实际,具有很强的创新性,又是一个站在全人类的角度,以全人类共同的命运为关怀导向,追求构建合作共赢的未来新社会的全新思想。构建人类命运共同体的思想已经超越了种族、文化、国家与意识形态的界限,体现出人类社会的道义责任与互利共赢的完美结合,是一种关乎全人类的前途和命运的正确伦理选择。

世界的未来属于当代的青年,世界青年是未来人类命运共同体真正的建设者和受惠者。千人千面,每个国家的青年关于命运共同体的理解可能会不同,但不同思想相互碰撞出的恰恰是人类命运共同体的宏伟乐章。百国青年关于人类命运共同体的不同表述,体现人类思想的多姿多彩,体现了美美与共的平凡诉求。

人类命运共同体不是形而上的价值建构,而是每一个普普通通的青年人对自己所体验的生活的过去、现在与未来的具体表述。它可能是洲际铁路、是刷脸支付、是共享单车、是骑着自行车的环球旅行,也可能是在北京海淀五道口某个酒吧中静谧的午后时光。我们从不同国家年轻人非常个性化的表述中,感受到了他们共同的青春宣言,触摸到了他们关于这个星球存续和发展的青春脉动。

本书的作者都是参加首届"百国青年共话人类命运共同体演讲比赛"的优胜者,他们在国籍上颇具代表性,如果从海选到决赛的整个规模和范围来讲,"百国"这个提法也并不夸张。因为这些青年人都是直接用中文表述，言语之间难免有些生涩，谋篇布局也不免有些"国际化"，但恰恰是这种马赛克般的思想和语言表述，给我们拼合出了一幅色彩斑斓的关于人类命运共同体的青春宣言。

从某种意义上来讲，这本书是多国青年的片段性思想的结晶，也是人类命运共同体这一宏大命题的青春版演绎。

祝福他们，因为人类的未来属于青年。

北京语言大学一带一路研究院常务副院长
教授、博士生导师